域外故事集

Stories from Elsewhere

徐则臣 著

译林出版社

图书在版编目（CIP）数据
域外故事集 / 徐则臣著. -- 南京 :
译林出版社, 2025. 8. -- ISBN 978-7-5753-0618-8
Ⅰ. I247.7
中国国家版本馆CIP数据核字第2025VS7940号

域外故事集　徐则臣／著

责任编辑　焦亚坤　金　薇
装帧设计　周伟伟
校　　对　施雨嘉　戴小娥
责任印制　闻媛媛

出版发行　译林出版社
地　　址　南京市湖南路 1 号 A 楼
邮　　箱　yilin@yilin.com
网　　址　www.yilin.com
市场热线　025-86633278
排　　版　南京展望文化发展有限公司
印　　刷　苏州市越洋印刷有限公司
开　　本　787 毫米 ×1092 毫米　1/32
印　　张　7.75
插　　页　4
版　　次　2025 年 8 月第 1 版
印　　次　2025 年 8 月第 1 次印刷
书　　号　ISBN 978-7-5753-0618-8
定　　价　58.00 元

玛雅人的面具，背后闪动着一张酷似中国人的面孔。

南美大陆纵深处的紫晶洞中，勾画出一张中国男人的脸。

在地球的各个角落与中国重逢。

目　录

Contents

古斯特城堡

1

等我从新奥尔良旅行回来，河边的公寓已经被淹过了。两天前，我从报纸上看到暴雨的消息，说穿城而过的河流像一锅煮沸的水，一夜之间溢出了河床。报纸上没说，住在河边的人一觉醒来发现大水漫到床头，鞋子被一群小鱼推着满屋子跑。据说这是该城一百年来最大的一场水。校方帮我租的公寓半截在水里，当然现在水已经下去了，房间里留下一层厚厚的淤泥和几条没来得及撤退的死鱼，墙上至今还爬着蜗牛。他们把我的行李转移到艺术中心，一回来就让我去拿，同时商量接下来的住处问题。

因为大水毁坏的房屋很多，整个城市的租房房源突然紧俏起来。我回来得迟，学校说，挑选的余地已经不大了。根本不是余地不大，而是就没有余地，像样的房子全被租完了，只在30街有两家住户愿意分出一间给我。一户是正儿八经人家，家里就一个老头，户主；一户本来就是出租房，一楼的租户刚搬走，二楼住着一个缅甸来的四口之家。工作人员和一个教授朋友开车带我去看，先进了缅甸人租住的那栋，因为房子靠路边。两分钟后出来，我说：

“另一家吧。”

他们说：“要不看看那家再决定？”

“不必了，”我说，往十米外的那栋房子看时，先看见旁边的一个石头城堡，四四方方，在一角伸出一个棱锥形尖角。米黄色的石头正在发黑，越显得古老。“回去拿行李吧。”

教授朋友问：“靠着古斯特城堡你不怕？”

我笑笑。“怕什么？多好看的一堆石头。”

教授说：“好吧。”

一个小时后，我拎着两个箱子进了30街266号。美国老头站在门口乐呵呵地迎接我，说，啊作家，欢迎欢迎。我一下子没听懂，但在那个语境里瞬间我就明白了。他的发音有点怪。他叫约翰，约翰·安格尔，很高兴能够和我一起生活。他的发音的确有点怪，喉咙里一定装了面哈哈镜，声音经过的时候必须变一下形才能出来。约翰六十岁，或者更大，这要取决于他的头发、胡子和皱纹是否说了实情。头发灰白，占了脸部一大半面积的络腮胡子却全白了，所以整个人显得很慈祥；皱纹很多，这个年龄的美国男人皱纹都很多，可能是整天笑的缘故，他们为什么总能那么乐观呢？

老约翰把我带到二楼，放下行李后为我一一指点家具和日常生活设施。还有狗，一条金毛犬，浑身金色的长毛，大得像只马驹子，三岁半。这是他的命根子，他给它取了个美国前总统的名字，小布什，原因是他不喜欢这位总统。真要命，我的听力本来就赖赖巴巴，偏赶上他这口齿不清的房东，我只好一遍遍地请他重复。为此我感到不好意思。他也有些尴尬，这辈子他都是这么说话的。我相信即使这里的美国人也未必全都能听懂他的发音，因为大学里的工作人员先前就跟我说过，房东说话有点绕。她土生土长，我当时以为她说的“绕”是指抓不住重点，原来彼绕非此绕。

站在窗口可以看见城堡，多么漂亮的石头。无数块发黑的石头摞在一起，雄壮威严，历史的质感就出来了。我猜它有两百年。我问约翰，谁有这么好的福气住在城堡里。

“你说鬼堡？现在没人住。”

“鬼堡？”

“对不起，是古斯特城堡。”他把“古斯特”的字母一个个拼出来。“城堡过去的主人姓古斯特。”

哦。他把“古斯特”的音发得更像鬼和幽灵的发音“够斯特”。“为什么现在没人住了？古斯特家族的人呢？”

“捐给市政府了。老古斯特的重孙子去了法国。”

这两句话他说了很长时间，每一个关键词至少重复两遍。要么一个个字母拼给我听，要么提前调整好舌头的位置，把被喉咙变形过的声音再变回来。这个一米七的小个子老头，两句话说得一头的汗。

2

三个月前我受邀来到这座城市，在坐落于该市的一所大学做驻校作家，为期半年。他们给我在河边租了一间公寓，枕河而居，坐在阳台的摇椅上可以看见河水日夜流淌，平缓得如同一条宽阔的淡绿色绸缎，无始无终。除了偶尔与文学系的教授和学生交流，所有的时间都是我自己的，可以读书、写作、交朋友，或者旅行。我把大部分时间都用在路上，坐灰狗从南走到北，从东走到西，我想一点点横穿美国。从新奥尔良回来是为了写一个新东西，坐在灰狗上，一路上头脑里还在响着爵士乐，回来却赶上了搬家。搬家倒无所谓，可惜了河边的好风景，每天我至少能看见四十只水鸟在河上翻飞，看见二十只松鼠从草坪里钻出来爬到树上，看见八十个人从跨河的钢铁桥上经过。顶多八十个人，这个城市没那么大。

不过现在也挺好，离开河流看见城堡，那感觉是由自然转而人文，都可以修养身心。所以当天晚饭后我就去了城堡散步。

天还没有黑尽，古斯特城堡在傍晚灰红色的光线里颇见神秘。30街处在高地上，城堡在更高的高地上，自成一个世界；周围是一片十亩左右的绿草地；草地中间有个很小的人工池塘，池塘上有座石头拱桥；草地边缘围了铁栅栏，看上去就是一座开放式的小公园。这是饭后散步的好时间，但城堡附近没一个人。汽车从铁栅栏边开过，遛狗的美国人牵着宠物与城堡擦肩而过，我独享整座城堡。

在石桥边有块黑色大理石，市政府二〇〇一年立，上面刻了此堡的来历：一八八〇年大商人伊恩·古斯特先生自苏格兰移民至此。他无比喜欢苏格兰的一处古堡，遂于一八八一年重返苏格兰买下该古堡，给每块石头和木料编上号，拆掉，海运至此，再按相同的结构和设计重建，一八八四年落成，每一块石头都在它该在的位置上。本地人称“古斯特城堡”，流传至今。二〇〇一年，伊恩·古斯特先生三世孙乔治·古斯特先生移居法国，此堡捐献给市政府，为公共建筑。

市政府立此碑表示感谢，也声明此为文物，请市民善为守护。有点像我们说的市级文物保护单位。

古斯特城堡已经一百二十多年，遗憾的是碑上没注明它从苏格兰搬来时年纪有多大。一百年，两百年，或者三百年？反正现在看上去古老沧桑。城堡上下两层，每层都有巨大的玻璃窗，可以肯定，这么好的玻璃只能是乔治·古斯特装上去的。圆拱形的黑色厚铁门紧闭，每间屋子里都是黑的，我透过底层的玻璃窗往里看，什么也看不到，但见黏稠浓重的黑暗和阴森。建筑虽然方正，隐隐也有了些哥特式的幽深的恐怖。城堡旁边还有一个马房，也是奢侈的古老石头建筑，原封不动地从苏格兰跨海越洋而来。

连着几天晚上我都来古堡散步。安静的环境适宜构思，我喜欢在散步时想小说里接下去的情节。从黄昏一直散步到夜幕深沉，城堡公园有两盏路灯，一盏立在入口处，一盏在路边，加上城堡外几条街上的路灯，城堡并不显得黑暗，我通常要绕着绿地和城堡边缘转五十圈——至少这个数。堡里黑灯瞎火，有天晚上我从城堡边走过，背对它时，感觉有光从身后像水一样铺过来，转身去看，又没了，城堡里还是黑的。我继续转圈。

回到住处，正赶上老约翰牵着小布什从纪念碑公园回来。那公园离这里步行要半小时，市政府为纪念二战中死难的本地将士在公园里立了一座半圆形纪念碑，矗立在公园最高的一个坡顶上，雄伟高大。那是个法定的遛狗公园，小布什到了那里可以解开项圈自由活动。遛狗高峰时段，公园里能聚上三四十条造型各异的狗。

"回来了？"我说。

"回来了。"老约翰说，"你去哪儿了？"

"在城堡里散步了。"

"古斯特城堡？"他的发音依然是"鬼城堡"。

我点点头，问他为什么舍近求远不去城堡的公园里遛狗。

"有古斯特。"

"一个人没有，"我说，"乔治·古斯特都搬走了。"

"我是说，有鬼。"

哦。他的确说的是"够斯特"，我以为他又发错音了。

"鬼。就是鬼。"

我笑笑，他已经把我弄糊涂了。我只好打个哈哈上了楼。一个发音不好，一个听力欠佳，交流起来简直是煎熬。

第二天晚上，我从城堡出来，老约翰牵着小布什堵在入口处，见到我就问："你真不知道？"

“什么？”

“鬼啊。城堡里闹鬼！”

我哪里知道。问题是，鬼在哪里呢？我都转悠几百圈了，除了自己的影子和几只松鼠，偶尔还有一两只野兔，谁也没看见。我不信鬼。我跟老约翰开玩笑，鬼听说我来了，吓跑了。

“好吧，”他撇撇嘴耸耸肩，“反正我不进去。晚上没人愿意进去。”

一路无话地回到家里。上面的这几句对话用汉语读起来很简单，一眼就能溜过去，但在当时，我们俩抓耳挠腮纠缠了半天才相互明白。因为交流不容易，所以都懒得说了。上楼时我们相互“拜拜”，这个发音对谁都没有问题。

3

有天晚上和一个华人教授喝酒。他从芝加哥大学来讲学，结束后一起去“中国味道”餐馆吃饭，然后到酒吧继续喝酒聊天，连着陪同的亚太研究中心的主任，三个人都喝多了。幸好主任太太赶来，把我送回老约翰家。一肚子啤酒闹得我半夜爬起来去洗手间，迷迷糊糊眼睛都没全睁开。出了洗手间发现我的房门关着，我记得没关的；不管了，拧开把手就进去，发现房间里是黑的，可我记得我是开了灯的；我在门边上摸到开关，灯一开，我的酒全醒了。灯发出血红的光，满屋子人影，那感觉就像是见了鬼。我往外撤，才发现那不是我的房间。

二楼一共三个房间，我住正对楼梯的一间。斜对面是卫生间，卫生间隔壁是个储藏间，因为老约翰经常去拿东西，整天开着门。我隔壁是另外一个房间，从我看见它第一眼起就一直关着门。老约翰向我介绍房子情况时也略了过去，好像并不存在。既然关门上锁，我理解为是他的隐私，也从未多嘴，习惯了竟也当它不存在。没想到半夜里迷迷糊糊打开了，没想到它其实一直都没锁。

房间里有一张床，收拾得干净利落，如果是貌似邋遢的老约翰干的，那真要出乎我意料了。有桌子、椅子和电脑。我想要说的是那些人影，墙上的海报和人像，密密麻麻的篮球标志和球星，以及穿着暴露的性感女人。主人喜欢的应该是湖人队，科比的大招贴画就有三张，然后是湖人队员的合影。当然主人一定也喜欢乔丹和姚明，他们俩和科比一样占据了比别人更多的空间。在球星中间隔三岔五挤着一个穿三点式的大胸女人，有两个在电影里见过，叫不上来名字。正对床的天花板上贴着一张最大的招贴画，一个金发女郎赤裸上身，胳膊抱在一起，把乳房挤得像两只篮球。她的眼像传说中那样勾魂摄魄，时时刻刻都在对着曾经躺在那张床上的人笑，不管他睡着了还是醒着。我凑在电脑旁边看见一个小伙子的照片，年轻帅气，二十出头？看不出来长得是不是像老约翰。这时候我模模糊糊听见老约翰在楼下清了一下嗓子，赶紧闭灯关门，回到自己的房间。

第二天早上我出门，老约翰和往常一样打招呼，应该没发现我去过那个房间。他说如果我愿意，可以开他的破丰田车，今天他在家大扫除。我谢了他，还是打算步行去大学，我想向替我租房子的工作人员多打听一点安格尔家的信息。茱迪说，她的消息未必准确，但据她所知，老约翰妻子亡故，只有一个儿子——是不是亲生的不知道——罗朗·安格尔，去年因为偷车被送了进去。还在网上搜到了抓他的那条新闻，照片上的罗朗和桌子上的小伙子一模一样。

照通常的看法，罗朗游手好闲。他在这所大学里念了两年书，第三年自动退学，大部分科目都挂了红灯。他偷车一度被这个小城传为“美谈”。

罗朗坐在超市门口发呆。新闻里就这么写的，新闻出自他的审问口述。一个老太太停下车，直接进了超市，罗朗发现她没锁车门。三分钟之后，罗朗打开车门坐进去，发动车就开走了。虽然游手好闲，但他不是坏人，天地良心这是他有生以来第一次偷车，他也说不清为什么突然有了这个冲动。可以想象他的激动和恐惧。他把车一直往城外开，去哪里他也不知道，跑了五英里以后才想起几个月前有朋友告诉他，可以把二手车卖给一个修车店老板。这辆车七成新，应该会有个好价钱。然后他听见后座有声音，扭头一看，一个不到两岁的娃娃嘬着个奶嘴瞪着大眼睛对他看。他对娃娃笑了一下才意识到麻烦来了，娃娃突然吐掉奶嘴开始哭，越哭声音越大，两只小胖手乱抓乱挠。他只好停下车去哄，一点都不管用，娃娃只是哭，可能接受不了祖母突然变成了小伙子。

要想处理车，首先得处理这孩子，但他实在没办法安抚声嘶力竭的哭声。罗朗说，他想过把娃娃扔在路边，但马上就否决了，这么冷的天坐在野地里，冻不死也会冻坏。最后他决定给警察局打电话，把孩子交给他们。他的确是这样做的，把孩子放在警察局门口，然后开车就跑。如果不跑就没那么大的罪，但他的确跑了，在城外的公路上被警察追到。他向警察坦白，只是想偷车，没想过要偷孩子。然后他说，这孩子哭声真大，以后可以唱歌剧。

“这件事所有人都知道。”茱迪说，“当时大家还争论，他把孩子送回来，要不要严格按照法律来判。最后还是照法律来了。约翰没跟你说?”

“你也没跟我说啊。”

“我担心说了你就不愿住他家了。实在没房可租。不过你放心，约翰是个好人。”

4

大扫除清理了一堆没用的东西，堆在门前的草地上准备扔掉。邻居六岁的缅甸小男孩站在路边胆怯地向那些垃圾上看，顺着他的目光我看见了那个死神面具。和通常死神面具不同的是，该死神在眉心处多长了一只眼，像二郎神的第三只眼。面具很旧，但那只竖着生长的眼新鲜生动，有着肉的感觉，一下子如在了人间。我问他是不是想要，他点点头，说是。我问他还要不要好玩的东西，那一堆废铜烂铁里有几样在孩子眼里应该挺有意思。他摇摇头说不。我把那面具拿给他，问他爸妈在不在家，他大部分都能听懂，但扑闪着眼睛不知道该怎么说，他的英语到 yes 和 no 为止。我正帮着他把面具戴上，老约翰推门出来，大喊："No!"

他蹲在缅甸男孩跟前，商量说："我用别的玩具换你这个面具，好不好？我不想把它丢掉了。"

缅甸男孩把面具递给他，转身就跑。快进家门的时候，我听见了他的哭声。也许是恐惧，也许是觉得伤了自尊。

老约翰讪讪地站起来，对我重复了两遍："我不是舍不得。"他站在那里摆弄着面具，在死神面具里这个绝对是大号的。过一会儿又说："该死！这是我儿子喜欢的。"

我做着样子问："你儿子？"

老约翰不能不说了。"我儿子。他被关起来了。"

我表示难过，又招引着他："如果不方便，你可以不必说。"

“已经这样了。”他说，“你能先帮我去一趟缅甸邻居家吗？你们都是亚洲人。我不想让那男孩难过。”

我没听清楚，他重复一遍。然后我们进门，他从冰箱里拿出一盒鸡蛋，又从墙上拿下另外一个鬼面具放到鸡蛋上，往我手里杵。不需要语言。我到楼上拿了些水果，端着鸡蛋和面具一并去了缅甸人家。

男孩已经不哭了，腮帮子上的眼泪还没干透。他妈妈和八岁的姐姐也在家。我用英语跟他们说，我是中国人，我们是邻居，有什么需要帮忙的就告诉我。八岁的小姐姐英语和弟弟差不多，大概的意思能听懂，也不太会说。妈妈根本连听都听不懂，只是对我感激和腼腆地笑。第一次看房子时，茱迪就跟我介绍了他们的情况。这一家是半年前从缅甸农村逃过来的难民，被教会收留下来，给他们租了房子，每个月定期给他们一点生活费。这费用很少，因为语言不通他们很难找到工作，所以生活相当艰难。两个孩子能听懂一点英语，是因为他们已经开始在本地的学校里念书。我把面具套到男孩头上，问他喜不喜欢，他点点头，在面具后面笑了。

一分钟都没耽误我就出来了。没法待下去，和上次看到的一样，家里极其凌乱。地板上这里一只鞋子那里一双袜子，洗碗池靠近门，堆了至少十五个碗碟没洗，池子上保留着各种食物的残渣，尤其看不下去的是成串的蟑螂在池子内外赛跑。我说给老约翰听。老约翰一个字一个字慢慢地说：

“他们还不知道如何在美国生活。他们很孤独。”

接着他说起自己的儿子，二十一岁的罗朗·安格尔。

“跟你说了吧，早晚也会知道的。海伦走后，他就不愿意跟我说话，”老约翰说。为了能够顺利表达，他找来纸和铅笔，不管我听没听懂，凡关键词，说的同时就写下来。这是个好方法，借助纸笔，我们的交流前所未有地顺畅。“他觉得他妈跟别人跑了是我造成的。那时候他才十五岁。罗朗十五岁时，海伦跟一个倒卖木材的私奔了。”

事情很简单，我只要如实笔录就可以了。长话短说，老约翰就是这么干的，有他在纸上写下的词和句子为证。早些年约翰是个哈雷摩托迷，抽空就往外面跑。他还不是我们所谓的“驴友”，他不想到处看，只是想到处跑，准确地说是骑着哈雷摩托到处跑。不管春夏秋冬，一个车队浩浩荡荡向世界尽头进军，想想都觉得很爽。我见过好几个哈雷车队，不分少长，坐在摩托上一个个都像将军和斗士。不知道别人怎么看，反正我觉得哈雷摩托看上去十分性感，是阳刚那一路的性感，看到了你就会热血沸腾，也想找一辆骑着跟上去，天涯海角没完没了地跟着跑。一定是海伦认为约翰跑过头了，摩托比老婆重要，而且从他们俩认识时就这样，虽然海伦当初也是看见约翰骑在哈雷摩托上才喜欢他的。照理说女人变起来很缓慢，但是约翰就是没能在漫长的时间里关注到事情正在起变化，等他发现时，据目击者透露，她已经跟那个贩木材的走了。那家伙在这里做了两年生意，发了，临走还赚了个女人。

有人说他们去了加利福尼亚，也有人说去了洛杉矶，约翰都去找过，大海捞针到哪里去捞，只能回来遭儿子批。罗朗恨他开始倒不是因为失了母爱，而是因为在学校里大家背后嘀咕他：他妈跟野男人跑了！他受不了，一度要从中学辍学。后来慢慢回过味儿来，人家说他妈跟人私奔其实不重要，重要的是从此他再也没妈了，成了一个没娘的孩子。这无论如何是老约翰的错。他就不愿再搭理父亲。约翰理亏，痛定思痛，卖了哈雷。这些年欠了老婆，现在老婆跑了，算扯平了；过去欠儿子的，很少陪他，现在欠得更多了，连他妈都弄丢了，所以他想加倍赔给儿子。

可是那个年龄的男孩岂是你一点既当爹又当妈的温情能搞定的。罗朗在背对父亲的路上越走越远，孤僻、乖戾、无所事事和玩世不恭成了习惯，世界观和人生观在一个偏差的方向上茁壮成长。先是成绩垫底，然后退学，偷车基本上可以看成是水到渠成。出事是早晚的。这也是老约翰觉得愧对儿子的地方。他想补又补不回来，儿子进去了。

“这面具是儿子十四岁那年的万圣节我给他买的，”老约翰说，“整个 30 街这面具最好看。罗朗很开心。该死，我差点把它给扔了。谢谢你提醒我。谢谢。”

5

早上我出门跑步，缅甸女人蹲在房前的路边，对我拘谨地笑笑。四十分钟后我跑回来，她还蹲在那里，姿势都没变。开始我以为她在等人，后来发现几乎每天早上她都蹲在路边，特别像我老家的农民蹲在田头上。老约翰说她在想家。也许是，也许想什么她并不十分清楚。她只是觉得生活中缺了点什么，空了一块；她蹲在路边，没准能够把丢掉的重新找到；她实实在在地蹲了大半个小时，就可以把空下来的部分结结实实地填满。

孩子就好得多，没那么多过去，姐弟俩每天坐校车上下学，在学校里我敢肯定都是躲在一边玩。回到家好一些，但依然胆怯，我常常看见那男孩站在两栋房子之间向我们这边看，像只正在练习走路的小狗，对其他的人和生活充满好奇。他喜欢小布什，一听见金毛犬的叫声他就从房子里跑出来，踩得木楼梯咚咚响。他的喜欢保持着五米的距离，在两栋房子中间盯着狗看。如果老约翰招呼他，他转身就跑。偶尔我牵小布什出来遛弯，招呼他，他也不过来，但不会转身就跑。

老约翰说："你们都是亚洲人。"

我说："他是怕你的大胡子。"

老约翰就哈哈大笑。罗朗小时候最喜欢他的大胡子，没事就抓过来往手指头上缠。

缅甸男人很少在家，难得听见他的大嗓门。一家之主，他得想办法养家糊口。我和老约翰各吃各的，食物也各买各的，我和他一样，都顺便多买一点鸡蛋、牛肉和青菜，方便的时候给缅甸人送去。这可能是男孩不怕我的原因。在路上碰上，他也会幅度极小地向我挥手。

一个傍晚我去散步，缅甸男孩撅着屁股蹲在路边看蚂蚁搬家，我说："带你去城堡玩？"

他赶紧摆手说："不！"

"怕鬼？"

他点头差点点到了路面上。

"你见过鬼？"

他摇头。

奇怪了，哪那么多鬼。我回房间拿了手电筒，然后去城堡。一个人没有。围着城堡转了二十圈，天彻底黑下来，我在靠近马房的那扇玻璃窗前停住，打开手电筒往里照。的确吓我一跳，灯光照在对面靠墙挂着的一张巨大的女人脸上，很漂亮，但眼睛瞪得那么大还是挺吓人的。那个女人被镶在土黄色的木框里，只是个半身像，你得承认这幅油画的确画得好。色彩旧了，如同一个年轻漂亮的女人站久了，落了灰尘。她的画像占了半面墙。手电筒再往其他地方移，我能看见的三面墙上都是她，毫无疑问，尽管她的尺寸、姿态和表情在不同画作里有所变化，脸是变不了的。五官和服装更像是很久以前的欧洲人，右嘴角偏下的地方有颗咖啡色的小痣。这个面容姣好的陈旧女人，无论如何不会让你想到鬼。

鬼究竟从哪里来？我退后，看太阳可能出现的方位，果然这扇窗户在任何时候都只能在马房的阴影里，否则无法解释为什么其他窗户都被绛红色天鹅绒窗帘遮住，只有这里都能看进去。那么好的油画不能总被阳光照射。我再次趴到窗前，突然房间内的灯亮了，仿佛白昼骤然降临，我不由自主地惊叫一声，灯瞬间又灭了。因为亮和灭转瞬即逝，我怀疑是否出现了幻觉。我退到石拱桥上，惊魂未定地等它再次亮起来，但半个小时过去，黑得一如既往。我拍拍心脏让它跳慢点，可能是我多疑了。

第二天我找到那个教授朋友。他说当初我就问你怕不怕，你说不怕；传说它闹鬼，我也没见过，就是灯一会儿亮一会儿灭。我说我想查一下关于城堡的资料，能不能帮我联系有关部门。教授朋友答应试试，但必须统一口径，是为了写作。他们大学愿意为我的写作提供一切可能的便利。

在市政厅的档案室里，我看到了城堡的相关资料和乔治·古斯特的捐赠书，上面附有他的亲笔签名。

与城堡前的碑文上记载的相同，伊恩·古斯特把它从苏格兰带到这里。文件里详细地介绍了城堡最初在苏格兰的情况，以及在这里重建的过程。大部分摘自伊恩·古斯特的日记。既然摘自日记，我就希望能在文件里找到更多私人化的东西，难道单是喜欢就足以让他把古堡运到地球的另外一个地方重建？那二十幅同一个女人的画像是怎么回事？也许我希望能找到点花边新闻。但是没有。档案室也没有老古斯特的日记。非常遗憾。好在乔治·古斯特在捐赠书里写道，从伊恩·古斯特以降，祖上传下遗训，不得随便开启藏画那间房的房门，除了一个月一次例行的卫生打扫，不得更改任何一幅画和一件家具的位置。原因乔治也没说。但在捐赠书里乔治非常情绪化地透露了一点点信息：据他多年来听到的祖父辈的传闻，画中的女郎出身苏格兰贵族，是个哑巴，并非伊恩的妻子。这就颇让人费解。也只能费解了，一百多年前的事，到底真相如何谁也说不好。还有一个信息，乔治说得正大而又坦荡：伊恩无子无女，居住在城堡里的历代古斯特家族都是养子之后。

文字资料都在这里，让我更加糊涂和好奇。我又给警察局打电话，询问城堡的闹鬼传闻。警察局说，前两年有人报过几次案，也是说空房间里灯忽明忽灭，他们去查了几次，没有任何异常。他们也搞不清楚怎么回事，于是不了了之。

奇了怪了。

6

起了一阵风，天凉下来。老约翰买了一堆衣服和吃食，要去看儿子，嘱咐我照顾好小布什。养狗我在行。给它吃专门的狗粮，偶尔给块鸡肉干，饮水充足，每天遛一次。我们已经成了朋友，老约翰不在，我看书、写作，它就蹲在我脚边，实在无聊了就把我鞋子从楼上叼到楼下，再从楼下叼回来。逮着空我就用汉语训练它，上楼下楼，停下，待在家里，坐下，躺下，小布什学得很快。五天后的上午我给家里打电话，它听见门口有车响，站在门里叫。我让它住嘴，我妈在电话那边问，它听得懂汉语？我说没问题，我对它进行双语教学。

我没像老约翰那样，每天跑半小时把它牵到纪念碑公园，就在城堡小公园里。小布什可以给我壮壮胆。什么都没发生，城堡里黑着，我把小布什的项圈解开随它跑，手里拎个马甲袋时刻准备捡狗屎。小布什才不管闹不闹鬼，疯跑差不多一小时才老实下来。城堡里安安静静，我们回家。

一周后老约翰才回来，整个人被霜打了一样。任他在那里磨了好几天，儿子就是咬死不见他。衣物只好托狱警转交。狱警告诉他，罗朗生病了，有点瘦，老约翰更担心了。

“你是作家，”老约翰打着手势说，“你说怎样才能让他见我？最好是我能经常照顾他。”

不知道。美国的人情我不懂，法律更不懂。

老约翰叹了口气，抱着冲他摇尾巴的小布什说：“还是这个儿子好，几天不见长胖了。”

此次拒见对老约翰打击很大，很多天他都缓不过劲儿来，跟我在一起基本上只念叨这一件事，担心他儿子有啥问题。因为担心亲生儿子，就顾不上另一个儿子了，小布什那些天由我带到城堡里遛。周末那天他的情绪突然好起来，我问原因，他说因为要理发。莫名其妙，理个发搞得像云开日出。到了晚上，果然见他清清爽爽地回来了。头发、胡子都变短了，从一个老老头变成了一个小老头。他问我明天是否有空去买吃的，可以搭他便车，后天他想出趟远门。我说好。

我买了一大堆东西，半个月不出门也饿不死。傍晚散步前给缅甸人家送了一些。他们的房间里只亮着一盏灯，姐弟俩就在昏暗的光线里写作业。地上照例到处是鞋袜和简单的玩具。缅甸女人斜躺在长沙发上，看见我来要坐起来，被女儿按住了，我含混地看见她怀着歉意对我咧了一下嘴。男孩接的食物，打开冰箱门时，我看见冷藏柜几乎空了，放过肉的地方留着一片干掉的血迹。因为不想看到蟑螂赛跑，我梗着脖子不往洗碗池里看。

第二天老约翰出发前跟我道了别，很为把小布什托付给我过意不去。一家人客气啥，有我吃的就有小布什吃的。

那天状态相当好，上下午加起来竟然写了三千字，我决定奖励一下自己，晚饭在中国餐馆叫了两个菜，喝了三罐捷克产的啤酒。给小布什煮了两个鸡蛋，然后带它去遛弯。

两个鸡蛋让小布什既兴奋又忠心，上蹿下跳地跟着我转圈子。没有月亮但星星很好，夜空比北京干净无数倍，真正呈现了幽深穹庐的样子。在我决定打道回府前的一个多小时里，城堡都是黑暗和沉默的，我们转最后一圈，快走到马房时，灯突然亮了，接着熄掉，然后又亮又熄，再亮。

闹鬼了！这次来真格的了。我揪着小布什的耳朵就往外拽，没时间给它戴项圈了。可是小布什一摇脑袋甩掉了我的手，耳朵竖得尖尖的，偶尔抖动一两下，它的腰弓起来，尾巴开始下降、下降，盯着透出灯光的玻璃窗在往后退，退到十五米开外的地方。怕了还装英雄，赶快跑吧。忽然它动起来，不是往外跑，而是对着窗户冲过去；它腾空而起，响起了玻璃破碎声，跟着防盗的安全警报就响了起来，那声音在安静的夜晚听起来气急败坏。它进去了。

我大喊：“小布什，出来！小布什，快出来！”

它没听我的话。我只好站在原地，不敢靠近房间，也没法离开，警察肯定很快就到，我得在这里等着。大概三分钟后，小布什原路钻了出来，城堡里的灯还亮着。它跑到我跟前，得意地扬起脑袋，嘴里叼着一只肥硕的大老鼠。实话实说，我从来没见过这么大的老鼠，在小布什嘴里吱吱地叫，四条腿乱蹬乱挠。小布什让我刮目相看，我以为它胖成这样，没丧失行动能力就算不错了，竟然还可以如此利落地管闲事。

7

警车的叫唤声比警报还神经质，两个警察冲进来，拿枪指着我和小布什。老鼠还在小布什嘴里，它不撒嘴。我把情况简要说了一遍，瘦一点的警察说要看看开着灯的房间。他从碎了玻璃的地方伸手进去，打开窗户跳了进去。过一会儿他喊他的同伴和我过去，遵照他的意思我们把脑袋伸进房间里，还是那些油画，画上的人也没变。瘦警察指着墙壁拐角处，那里有一张精美的古董桌，抽屉、桌腿以及任何可能的地方都雕镂着圣母和天使的图案。

“这里！看这里！”他往墙上指。

在桌子上方五厘米处有个开关。他拨了一下，灯灭了，又拨一下，灯亮了。我明白了，是老鼠！顺嘴说出来。

瘦警察对我竖起右手大拇指，说：“没错，就是老鼠在闹鬼！”

不得不说这事匪夷所思，开关摆那儿本来就不正常，还有老鼠有闲情逸致来搞怪。不过很好，小布什破了一桩神秘的闹鬼案。瘦警察没收了小布什嘴里的老鼠，放在一个塑料袋里准备做证物，这让小布什很不高兴。

他们需要此事的详细记录，我得提供有效的身份证明。他们跟我回去拿护照，门口竟然也站了两个警察。今天什么日子，这么多人想着我？

看起来像头儿的大个子黑人警察对我亮了一下小牌子，问：“是约翰·安格尔家吗？”

我说是。

“他在家吗？”

“不在。”

“你是谁？”

“房客。”

“我们需要搜查一下他的房子，”他又摸出一张纸给我看，我什么也没看清楚。我和警察从没打过交道，心理上就先怯了，想干啥干啥吧。“约翰·安格尔涉嫌抢劫18街的银行。”

这玩笑开大了，他那样的人顶多玩玩哈雷摩托，怎么可能抢银行。我开门让他们进屋。不由我不信，他们把银行的监视器上的录像片段截取下来洗成照片给我看。可怜的老约翰，要干这活儿你也换一身行头啊，不算那身天天穿的“老三篇”，那个三只眼的死神面具我也一眼认了出来。我看了看他平常挂面具的地方，只剩下一根钉子。

我到楼上拿护照，下来的时候他们已经断定是老约翰干的。黑警察在客厅的日历上找到老约翰写下的备忘录。我头一回遇到这样的实诚人，他写：

“……周六，理发；周日，采购；下周一，抢银行。”

今天之后的事情他没法计划，所以备忘录到此为止。我只能告诉他们我所知道的，现在老约翰在哪里就得问他自己了。我正想，又是个莫名其妙的人，脑袋里灵光一闪，这老家伙不是为了要去陪他儿子才这么干的吧？一路撒芝麻。如果他真想抢银行，至于淳朴成这样吗？我决定告诉他们罗朗的事，希望他们抓到老约翰时能体贴理解他一点。说了半截子，缅甸男孩气喘吁吁地跑来，无视四个警察，拉着我就往外拽。

我问："出了什么事？"

他结结巴巴说："妈妈……妈妈……病。"

我跟警察说："稍等，马上就回。"

瘦警察和黑警察跟着我一起往缅甸人家跑，可能担心我趁机溜掉。

进门就看到缅甸女人还躺在沙发上，盖着毯子，小姐姐端着一只碗给她喂水，边喂边哭。看见我，哭声一下子放大了，说："我妈妈，病了！"她的英语说得比弟弟好。我也想起来，这几天早上的确没看见她蹲在路边了。

黑警察说："要不叫救护车吧。"

"叫什么救护车！"我说，"你们不是有两辆车嘛，先送到医院再说！"

2010 年 10 月 19 日，爱荷华

去波恩

进站之前，我和小周窝在他的二手商务车里说话。暖气开着，天有点儿冷，小周建议先别进站，进去了也是瞎挨冻。我知道他是想和我再多说一会儿话，能和一个中国人在异国他乡如此深入和漫长地聊天，对他来说机会并不多，虽然他兼职导游，接的团绝大多数都是中国人。小周说，要是去中国像去瑞士、法国、意大利、比利时那样方便就好了，开车几小时就到。要是。要是。从前天开始到现在，我至少听他说了五十个“要是”。要是在天津就好了。要是回趟家像串门那么方便，他觉得待在这里也不错。要是在国内，他就开一个旅行社，专门接待德国人。要是小魏去国内找工作，回去后他们就要孩子。要是。要是。

“要是——你烦了？”他发现我两眼发直，显然在走神。

“哪里，你说。”我指着车站顶上的巨大的球，相对于古典的欧洲式建筑它有点现代了。不过我还是说，“很漂亮。”的确很漂亮。单看都很漂亮。

法兰克福是个好地方，作为城市不大不小。刚来的第二天，我就抽时间从东到西走了一遍。风景不错，在繁忙里你还是能看到从容和优雅，是个过日子的好地方。在这里你可以什么都不缺。小魏是小周的女朋友，二十七岁，在法兰克福大学念社会学博士学位。拿不下博士不结婚。小周跟我一样大，硕士毕业前认识了小师妹，等她念完本科，再等她念完硕士，现在要等她念完博士才能结婚。这个从大连来的小个子女孩让小周欲罢不能，他是真喜欢她，可是从天津来的压力也很大。母亲说，你爸翻过年就七十，想抱孙子都想出了白内障，现在连结婚都没影。小周安慰二老，快了。他爸说，我看悬，要是人家拿了博士以后，还要当博士后呢？要是当完了博士后又说这辈子不想结婚呢？要是结了婚不打算要孩子呢？他爸的“要是”也很多，弄得他很烦。小周只好叹气，走一步看一步吧。

昨天晚上我安慰他：“没问题，小魏不像丁克那种人。”

当时我坐在沙发上，看着小魏倒过茶后去厨房的背影，对坐在沙发另一头的小周说。

小魏的背影不喧嚣，也绝不僵硬，腰身的过渡跟动作一样果断柔和，可以想见不久的将来作为贤妻良母的亲和力。但她在留居德国这一点上认死理，除了大连和法兰克福，这辈子她不打算待在第三个地方。小周不能理解，我也不能理解。虽然法兰克福的确是个好地方，德国的发展空间比较大，医疗服务和社会保障体系很完善，但是小魏不像咬牙切齿的人。她给我们沏的是铁观音，小周只喝这一种。小周解释，只有铁观音才能让他喝出中国茶的味儿来。小魏一笑，露出左边的一颗小虎牙，说：

“别听他的，偏见。人老了就这样。”

小周自嘲：“别打击一片，我和徐先生可是一样大。”

“那人家看着可比你年轻。”

小魏把假话说得自然家常，小虎牙又露出来。我天生老相，就算是用老周的白内障双眼来看，我也不会比小周显得年轻。反正小魏不像咬牙切齿的人，但她的确是咬牙切齿要留在这地方。

我来这里参加一年一度的书展，有个新书见面会。活动结束，朋友们都走了，我想在周边看看，就一个人留了下来。等着两天后去波恩大学做个朗诵，我的小说译者，波恩大学的赫尔曼教授会在车站接我。我不懂德语，他就把我托付给了旅行社的导游小周。

小周带我看了歌德故居、罗马广场、保尔教堂、老歌剧院、修道院和博物馆、美术馆等，讲解极为敬业。他的方式是夹叙夹议，叙是叙这些景点，议的却是他自己、德国的华人状况以及国内的事情，其中充满了他的“要是”。他在北京念的本科，很多地方和事件是我们共同的记忆，说起来显得相当投机。其实我的兴趣不大，和一个久疏国情的人聊天，总有迷离恍惚和隔靴搔痒之感。而且，小周的故国情深体现得比较单薄，你让他说出个回去的一二三，他也语焉不详。他就是觉得回去了心里才踏实，情绪化得仿佛回去只是一种抽象的焦虑。我时刻担心他会举起拳头上下耸动，高喊：我要回去，我要回去。当然这也正常，就跟想家一样，你要给它赋上个微言大义反倒像假的了。本能最真实，也容易唠叨。他翻来覆去地跟我说过去，说想回去，说“要是”。他简直是亢奋地说着汉语普通话，某一刻舌头跑在了大脑前面，我就听到了舌头下坠的天津话。

昨天中午去古代雕塑品博物馆，经过入住的酒店时，小周突然停车，跟我说，要不退房吧。退了房我住哪儿？他拍拍胸口，住他家。条件差了点儿，他说，但你可以再听见一个人说中国话。我差点就拒绝了。有他这么一个人说中国话已经够唠叨了，我可不想再添一个。转念一想，也许他想再挣一份房钱？我正犹豫，小周重新发动了车，说：“我就是想在一起多说一会儿话。”他以为我跟他一样，想多听一个人跟自己说母语。我按了一下他搭在方向盘上的手，停下。我下车收拾了行李，退了房，拎着箱子搬到了他家。

他和小魏租的房子，类似于我们的筒子楼，小两居。楼外面爬山虎一直蔓到了顶。家里的摆设不复杂，倒是各种家具上放满了女孩子喜欢的小玩具，单看风格和造型，我猜是从中国来的，随便在电视机旁拎起一个米老鼠，果然屁股后头的商标上印着“Made in China”。墙纸、桌布、沙发套、床单和被罩都以金黄和浅绿为主色调，既温馨又清爽。和一般的德国家庭比，这只能是年轻的创业者之家；但和留学生的临时小家比，这个家更让人心安。这从小周的状态就能看出来，进了门他几乎是让自己瘫在了沙发上，四肢放松地散开，跟着长舒了一口气。

我说：“小周，你还是乖乖地跟小魏待在这里吧。”

“为什么？”

“你离不开这个沙发。”

小周笑了，说：“她不在家，我就跑到沙发上睡。舒服。”

我也笑笑，他明白我的意思。

昨天晚上我们俩聊到凌晨三点半，吃水果喝啤酒。小魏在旁边偶尔插一嘴，更多的时候在开啤酒和削水果。插上的几句话都是一针见血，是个社会学博士的水平，但她看小周的眼神却是一个小师妹该有的小鸟依人。我开玩笑说，小魏这么伶牙俐齿，小周岂不要受欺负？小魏说，才不，他得意着呢，他知道他是我的主心骨。小周说，哪有啊，我在跟魏博士一起追求进步。好了，不听他们文雅的调情了，我想知道他们在法兰克福生活的真实感受，以及对国内的看法，包括小魏知道的留学生的状况。对话的方式像在访谈。凌晨一点半，小魏先去睡了，明天有课。凌晨三点半，我也不行了，想问的都问完了，只剩下一连串的哈欠。小周还是精神抖擞，为了不耽误我明天的行程，他才不舍地进了卧室。最后一句话是：今天说得真爽，快把自己说空了。

说空也是一种享受。作为一个写作者，从语言的意义上，我能理解小周此刻的心情。这剩下来的几个小时，他可能睡得酣畅，当然也可能失眠。我睡在那张舒服的沙发上，躺下来看见窗外风经过树梢，枝叶摆动幅度越来越大。迅速入睡对我来说不成问题。

火车开动前五分钟我们进站。小周把我送上车安顿好，脚刚落到站台上，车门在他身后关上。德国火车从来都像瑞士钟表一样守时。他在车门外对我挥手，亲热地叫我徐哥，下次来法兰克福一定要找他和小魏。尽管小周有无数个“要是”，他显然清楚还是得待在法兰克福，当然前提是，我再来能找到“他和小魏”。我也挥手，兄弟，好好过。火车开始离站。

车里有点儿冷，谁也没料到一夜大风气温就陡然掉下来。幸好我买了一件呢子大衣，此刻派上了用场。跑了好几家商场，最后买到的还是件黑色的。德国男人好像不穿别的颜色，满商场一抹黑。我把自己裹紧，这是个二等车厢的小包厢，面对面共六个座，我一人坐一边，对面是个看书的老太太和一个吃泡泡糖的小姑娘。小姑娘戴着耳机摇晃着两只脚，隔五秒钟噗地吐出一个大泡泡，啪地又炸掉，十四五岁的样子，涂了靛蓝色眼影，她的泡泡遮住大半张脸时让我感觉更冷了。她的泡泡炸掉时，老太太就从眼镜上方对我笑一下。这位头发花白的老太太一脸松弛的皱纹，像从黑森林童话里走出来的善良的老奶奶。她在看一本英文小说，脚边是一根原木拐杖。我用英语和她打了招呼，她的英式发音十分优雅。她将在波恩前一站下车，她说，我们三个人一个包厢，这会是一个愉快的旅程。

涂眼影的小姑娘摘下耳机，用摇滚乐的节奏向我们点头，说："要吃泡泡糖吗？"

我和老太太对她微笑说谢谢。

这时候车行已经二十分钟，检票员刚刚查过票，从门外进来一个穿橙色薄毛衣的女孩，对着票坐到我旁边。"你是——"她犹疑半天，突然歪着头问，"中国人？"让我惊奇的是，这个长着一张欧洲脸的女孩说一口流利的普通话，儿化音很重。没等我回答，她又接着说："我是瑞士人，住在法兰克福。"

“哦，”我说，“你的普通话说得比我好。”

“我外婆住在北京的一个小四合院里，离恭王府不远。”

“那咱们算半个老乡。”

“刚才有中国人经过这里吗？年轻的，小伙子，瘦高个儿。”

她的思路之跳跃我有点儿跟不上。想了想，好像没看见，大部分时间我都盯着窗外。“找人？”

“没有事情。”她笑笑，脸小，鼻子高，嘴巴大，一口好牙。“我外婆是中国人。”

德国老太太又从眼镜上面看我们，眨巴两下眼，用英语说：“你们说话很好听。”

女孩用汉语说：“您听得懂汉语吗？”

老太太很茫然，显然不懂，鼻子眉毛往一块儿皱：“What?”

女孩改用英文回答她：“我说，您的精神头儿真好。”

老太太很高兴，接着看书。涂眼影的小姑娘继续摇头晃脑地听音乐，那节奏已经不太像摇滚了。

“你外公是瑞士人？”我问。

“日本人。”她说，“中国跟日本打仗的时候，我外公就在北京，做建筑设计，就是画图纸的。他的汉语说得比我还好，人家都以为他是中国人。你说我爸妈？我妈当然是中国人，二十一岁嫁给我爸。我爸是德国人，后来移居瑞士，所以我就是瑞士人了。老爸学的也是建筑，是我外公的学生。”

“呵呵，他骗了你妈吧？”

“没有骗，是我妈先喜欢我爸的。”

我的中国式幽默对她没用，他们家祖传的语言天赋也帮不上忙。和她的相貌一样，这个女孩严格地继承了德国人的较真，“是我妈先喜欢上我爸的”。

好吧。“常回中国吗？”

“嗯。”她的声音低沉下来。门外走过一个人，她扭头看了一眼。和我说话的这段时间里，她至少扭头三次，也就是说，门外至少经过三个人。这个包厢在这节车厢尽头，紧挨着洗手间。突然，隐约有人在叫，还是多声部，隔很多节车厢传过来。然后火车轮子吱嘎嘎响，紧急刹车停了下来。

周围一片旷野，火车在坡上，青草缓慢地向下长，整齐得如修剪过一般，直到河边。这条波光潋滟的漫长的河就是莱茵河？我没问旁边的女孩，她半个身子都偏向了包厢的门。河对岸的山坡在上升，直到最高处，一座古老的城堡缺了半面墙。十来户人家悠闲地散布在山坡上，和城堡一样醒目的是教堂，白墙黑顶，精瘦挺拔，十字架高高地指向天空。一个乘务员经过包厢门口，被她叫住了。他们叽里咕噜的德语我听不懂，就看见那大肚子的乘务员指手画脚地说话，前腿弓后腿蹬，时刻准备往前冲。说了几句果然就往前冲了。

我问女孩，都说的啥，她就一句话匆忙打发了我："有人跳车了！"说到第五个字人已经到了门外，咚咚的脚步声跑远了。我走出包厢，过道里回响着杂乱的脚步声。老太太也拄着拐杖跟出来，用英语嘀咕："为什么不想想还有我们老头老太太！"

我问："您说什么？"

老太太示意我打开车窗。"年纪轻轻跳什么车！"

"乘务员说，死的是个男的！"涂眼影的小姑娘也出来了，耳机挂在脖子上。"我同学的哥哥也是跳火车死的。"我把窗户打开，一股冷风灌进来，小姑娘缩着脖子躲到一边，被老太太推进了包厢。老太太的话听不懂，大意应该是小孩子不能看。因为小姑娘撇撇嘴不屑地回了一句，我觉得可能是：谁稀罕看死人！

火车的前半截身子正在拐弯，有个平缓的弧度，伸出头正好可以看见事发地点。车的这一边没有河流，草都很少，断断续续有一些大石头，不知道是天生就在铁轨边还是摆放在这里另有用途。可以肯定的是，如果一个人从车窗里跳出来，迎头撞到石头上，想不死很困难。一堆人围在那里，我看见那个混血的女孩踮着脚，抱着脑袋想从人群外往里钻。难道是她要找的人？如果真是这样，死的就是那个我没看见的、年轻的瘦高个儿中国小伙子。我向那节车厢跑去。

半道上遇到混血女孩，她捂着嘴边走边流眼泪。我说："他？"

她摇摇头，说："我看不下去。"为了能继续说下去，她重新捂上嘴再松开，"脑浆都流在了石头上。"

死掉的小伙子非常年轻，德国人，穿着咖啡色帽衫，石头划破了他的脸，死的时候眼睛睁大了，看见了岩石、冷风和灰暗的天空。

那女孩说："我冷。"

我要把大衣脱下来给她穿，她不要，天的确冷。她让我披着大衣，她用大衣的一半裹住自己，一手抱着我的腰，我们用一种古怪的姿势走回了包厢。

她叫阿格妮丝，汉语名字李安雅，后者是她只读过五年书的外婆取的。她喜欢别人叫她安雅。安雅生长在外婆的四合院里，直到八岁，父母回瑞士才把她带走。如果不是一张洋人的脸，她站在中国小学三年级的课堂上回答问题，没人会发现她不是中国人。

“我的成绩很好，语文、算术都考一百分。”说到这里她总算心情好了一点。“你不相信？”

相信。可我想知道的不是这个，所以我说：“刚刚那个人——”这么说是因为现在火车重新开动了。他显然不是他。但是那个中国的“他”是谁呢？她嘴角刚聚集起来的一点笑意又熄灭了，让我觉得自己的好奇心有点儿残忍。“对不起，我就是随便问问。”

“没有事情，”安雅用这别扭的四个字表示她并不介意，“就算你不想听我也打算跟你说的。”

“嗯？”

“我难过得快憋死了。”

我隔着一只大衣袖子倚在车窗上，安雅抓着另外一只袖子在大衣里靠着我。为了避免这个造型让对面的一老一少起疑心，刚进包厢我就此地无银地对她们解释：这位小姐冷。

安雅一开口我就知道，即使我一声不吭，她也不会放过我，她有如此蓬勃的倾诉欲望。她必须说出来，就像小周逮着我不撒手一样，她终于找到了一个貌似可靠的从中国来的、说汉语的听众。甚至问题都和小周类似：爱情，两个人，何去何从的未来。

那个她担心以身殉情的小伙子叫高歌，南京人，我的江苏老乡。世界真是小。

他们很小的时候就认识，高歌的姨妈和安雅外婆是邻居。每年寒暑假高歌都到姨妈家来，除了到处逛，大部分时间他们都在外婆的四合院里玩。后来安雅去了瑞士，回北京的次数依然很多，继续见面。再后来，高歌去了德国留学，他们见面更多了，有了爱情。他学的是汽车制造，汽车制造业是德国最大的工业类型，传统的四大支柱产业之一，广阔天地，大有可为。毕业了高歌也舍不得走。但是安雅想走，这个在欧洲待了快二十年的洋姑娘偏偏想去北京生活。这么多年她只喜欢北京，她觉得真正像家的地方。她像涂眼影的小姑娘这么大时，就清晰地知道了什么能让她安妥，在四合院里一坐就能坐一夜，啥也不干就两眼望天。我想不出北京蒙蒙的天有什么好看的，不过那会儿空气要比现在好一点。八十多岁的外婆身体很好，安雅用下巴指指对面的德国老太太，比她还硬朗。外婆立了遗嘱，小四合院归外孙女，谁也别打算抢。

“你的专业是？”

“古典建筑，祖传的。”

“那北京的确是个好地方。”

“北京的老建筑都快拆光了，新楼房盖得又高又土，难看死了。我才不会因为学建筑回北京呢。我为了生活。”

生活，一个宏大的词。

“就是你们说的过日子。实实在在每一天都开心地过。不是，那个词叫什么？对，讨生活。我不讨生活。过好日子不需要那么多钱。”

这话要是被劳苦人民听见了，肯定一堆板砖伺候过来。但我理解这个经过欧洲中产或者小康生活之后被培养出来的朴素的生活见解。有时候的确不需要穷凶极恶地捞钱也能过上好日子，更要紧的是心境。当然这也让人不舒服，她还有瑞士爹娘呢，还有个四合院可以继承。在北京城里，有一个四合院意味着什么，很多人比我更清楚。

跑题了。“说说你那男朋友吧。”

“他让我待在这里，不去北京。要死要活不允许。我们吵了一年多。”

“坚决不妥协？”

“不妥协。他对我好，可是我去北京不影响我对他好啊。我们可以结婚，可以生孩子，我们都年轻，可以两边跑，八个小时我就飞过来了。他不答应，威胁我要自杀。”

应该不是特例吧，生活在德国的瑞士人安雅不能接受这个威胁，但她担心，刚刚跳车的小伙子把她吓坏了。为什么不能满世界跑呢？她不理解："我现在喜欢北京，我就可以去；哪天不喜欢了，回来呗。他非要让我给一个更正大的理由，哪有那么多像山一样大的理由？你觉得这里可以发挥自己，好，你待在这里；我觉得北京好，就去那里。世界这么大，就是为了让我们到处跑的。我们都得听自己的，你说是不是？"

我说是。她和小周的情况似乎不完全一样。小周、小魏和高歌，你能看出他们就是个中国人，在外面待了多久都是；这个安雅，哪怕她在四合院里终老，也是个混了好几次血的。大家都听自己的，方式不一样。

"那个啥，我那小老乡，真自杀过？"

"吃过安眠药，开车时还想撞过树。我也知道，他是舍不得我离开。他说他离了我就不知道该怎么办了，可我这也不算离开啊。对吧？"

我也不知道对不对。

上车前他们又吵了架，安雅用了个成语：天翻地覆。原因是高歌见到了她买的车票，担心她是要去机场，这趟车的确经过法兰克福机场。安雅不过想见见朋友，说说话散心，这几天吵架吵得她要崩溃。为了避开高歌，出门发现天冷都没回去加衣服，直接来了车站。

“我换了好几节车厢才到这里，”安雅说，“在路上我好像看见他在跟着我。”

可能她多虑了，我没看见一个高个子中国小伙子站在门外过。现在让她放心的是，起码高歌没出事。这就好。她早就不哭了，开始跟我讲他们在北京和法兰克福的生活。她在讲述这些生活时，我恍惚觉得她就是小周，两个重叠在一起。也许大家的生活不过如此，大同小异，也可能是我困了。

也该困了。昨天晚上三点半睡，早上七点半起，像我这样每天必须睡满八小时的人，这一夜只睡了一半。在车里和小周聊天时还好，有早餐的两杯咖啡顶着——小魏现磨的咖啡味道醇正。小周不住嘴地说，隔三差五征求我的意见，该怎么办。可惜鄙人无甚高论，清官难断家务事，我只能说，听自己的，再为对方考虑一下，然后顺其自然。我自己都知道，这其实是屁话，等于没说。但我能说的只有这些。在一个陌生的国度，对一种陌生的生活，现在我只能是一双耳朵。对安雅，作为耳朵我也勉为其难，困意像浓雾弥漫全身，我的脑袋开始对着窗玻璃乱点。

“困了？”安雅中断她的倾诉。

“有点。对不起。”

“没有事情，”她说，“我也困了，昨晚几乎一宿没睡。”她停下来，往我身上靠了靠，闭上眼。“睡吧。”

对面的老太太和涂眼影的小姑娘早就睡着了。睡着了的老太太一手拿书，一手拿着拐杖。小姑娘在梦里还跟着音乐缓慢地晃动脑袋。对她们来说，我们俩就是两个哇啦哇啦不知疲倦地制造低分贝噪声的人。

火车的猛然停顿惊醒了我。睁开眼，包厢里就我一个人，右边的大衣空荡荡地耷拉下来。不知道她们什么时候下的车。已近傍晚的天色提醒我，波恩肯定到了。我拎着行李下车，在站台上抽了一根烟，还没看见赫尔曼教授。两天前他告诉我，如果他没能及时出现在站台上，就给他打电话。我顺着出站通道往外走，穿过车站大厅时看见投币公用电话，开始拨赫尔曼教授的手机号。

“在哪儿呢？”他问。

“车站啊。”

“我一直在站台上，怎么没看见你？改火车票了？”

“没改，就你说的那趟车。”

“奇怪。”赫尔曼教授有点纳闷。我听见电话里他的夫人，从中国江西来的美女杨女士说：“问问徐先生，他周围都有什么？”赫尔曼教授说：“你看看四周，有什么标志性的东西。”

我抱着电话往四周看，所有的车站都差不多。然后透过窗户看见了黑魆魆的教堂，庄严雄伟地矗立在车站门口。我说：“教堂。赫尔曼教授，一座高大的教堂，全身都是黑的。”

“My God！”赫尔曼教授说，“你坐过了站，到科隆啦！”

2010 年 5 月 13 日，知春里

瓦尔帕莱索

瓦尔帕莱索之旅无论在地面上还是文字间皆没有尽头。

——聂鲁达《我坦言我历尽沧桑》

“瓦尔帕莱索是神秘的，地势起伏，道路曲折。”

这是聂鲁达说的。神秘不神秘还不清楚，地势起伏、道路曲折倒是真的，从圣地亚哥到瓦尔帕莱索，在听见大海涛声之前，我们就不知道翻越了多少道冈、拐了多少个弯。老宋开车带着我，一路聊中国文学在拉美。老宋是智利大学的教授，邀请我来给学生讲讲中国文学和写作。眼看三个月已满，我还没去过瓦尔帕莱索，老宋觉得是他失职，无论如何要带我来一趟。智利的文学之旅，这一项是规定动作。聂鲁达在智利的故居有三处，圣地亚哥和黑岛的我都去过，就差一个瓦尔帕莱索。

翻过一个丘陵，大海在前方闪烁，五月的阳光在海面上撒下一层金片和银箔。又拐几个弯，我们就进了古老的瓦尔帕莱索城。

跟旅游指南和网上介绍的区别不大，这是一个让你见了就会喜欢的城市。穿行在老城区的石头街道上，以及半山腰层叠错落的民居之间，你的确会有地老天荒之感。那些大大小小的房子被刷成五颜六色，像一堆散乱的魔方，正等待一双神秘的大手来整理妥当。房屋的山墙上布满涂鸦，用的都是颜色奔放的大红大绿，我敢打赌，漫山遍野的涂鸦中，至少有一百幅聂鲁达的画像。素描的、水彩的，写实的、漫画的，半身的、全身的，单人的、集体的。这是一座致敬聂鲁达的城市，这也是一座属于文学、属于诗歌的城市。唯一意外的是，聂鲁达故居因修缮临时闭馆。

故居在山上，每人三百比索，缆车把我们送到半山腰的一处平台。老宋做向导，我们上台阶下台阶，再上台阶下台阶，在那些缘山而建的错落房屋之间穿行。根据越来越密集的聂鲁达主题的涂鸦，我知道大诗人的故居要到了。

那是一栋主体为三层的小楼，漆成艳丽的太阳红，三楼上建了椭圆形的小阁楼，门前有棵树。院子不大，但在半山上，这样一个平台已是相当难得。门上挂着“因修缮谢绝参观”字样的牌子。工作人员在玻璃门内对我们做抱歉的手势。老宋很愧疚，说要早点带我来就不会吃闭门羹了。我说留点遗憾挺好，这几乎是世界上离中国最远的国家，没个念想，来一趟还真不容易呢。我俩就围着故居转圈。我开玩笑，在外围转十圈总抵得上在里面看一回吧。聂鲁达挑了个好地方，向上有拾级而上的房子，向下是更多层层下落的民居，一直铺排到海边。碧蓝的海面再过去，是山和城市。聂鲁达站在他的阳台上，抽雪茄、喝茶、构思诗歌时，目光可以像鸟一样倾斜地滑翔出去，童话般五彩缤纷的人间和一个浩茫辽远的世界展现在他的面前。

从山上下来，去老城逛。瓦尔帕莱索在西班牙语里，大致意思是“去往天堂”，相当于咱们中国的苏州和杭州。好地方当然少不了，随处是景。但好景多了等于没有好景，一桌子全红烧肉，看着你都觉得饱。我邀请老宋到索托马约尔广场抽根烟。我们坐在普拉特将军雕像前的台阶上，智利的五月已然深秋，石头开始冰屁股了。普拉特将军当年指挥了智利与秘鲁和玻利维亚的海湾战争，以少胜多。此刻，这位民族英雄的肩膀上停着两只海鸥，更多的海鸥在他头顶上飞来飞去。第一根烟刚掐掉，来了三个中年女人，一例是在海边或高原上长久地风吹日晒的棕红肤色。海风吹散了她们的头发，一张脸支离破碎，分不清谁是谁。两个女人穿着下个月就能磨穿的旧短皮靴，一个穿一双绣花的布鞋。她们集体向我们伸出手。

我把刚抽出的一根烟递给一个穿棕色短靴的女人，她接过了，说了句啥我没听懂，也没理会，继续给另外两个女人发烟。

她们都接了，各自掏出打火机点上，站在我们面前抽，没要走的意思。老宋站起来："走，看看智利海军部去。"说完汉语，他用西班牙语重复了一遍。"走"和"智利"的西班牙语我听得懂。他可能觉得石头太冷了。斜对面的海军部我们已经看过了。出了广场，老宋说：

"吉卜赛人，她们要钱呢。"

怪不得她们抽上了还不走。

我要说的就是这几个女人，下午在老港口又遇到了。

午饭从馆子里出来，老宋把车停在港口旁边的空地上，我们俩得到海边醒醒酒。喝得不多，两人一瓶干露红酒。烤鳕鱼和火腿，瓦尔帕莱索人把它叫"船"，老板娘说，这道菜不配点红酒，就糟蹋了。当然不能糟蹋，这酒得喝。果然以酒佐餐，鱼和肉都不腻了。不能酒驾，没人查也不行，老宋觉悟很高。他也想趁醒酒的时间让我看看老港口。

港口闲人不少，石头更多。难以想象如此众多的奇形怪状巨石能聚到一起。海边层层叠叠的石头像瓦尔帕莱索山上扎堆的房屋，岸上摆满了高昂雄壮的水泥墩子，形如杂乱无章的丛林。年轻人躲在这些防汛的墩子后面接吻，流浪汉用风帽遮住脸，倚着水泥墩子，就着它们的弯曲弧度在太阳底下打瞌睡。我和老宋穿过这片丛林时，从某个水泥墩子后面冒出来三个女人。虽然分不清她们的脸，但我确定是她们没错，两双即将磨穿的短靴，一双赤脚，那双绣花鞋掖在扎腰的皮带里。她们伸着手。我从兜里摸出烟，给她们每人一根。递到第三根，我和老宋已经与她们隔了两个水泥墩子。安全了。我们从防波堤下到了海边的巨石上。海浪扑向黑色的石头，撞击出孔雀开屏般的雪浪花。远处有比石头更大的船，再远处还是船，然后是茫茫的海天一色。瓦尔帕莱索天朗气清。

海风吹了一个多小时，十来度的酒精消散殆尽。我们拍拍清醒无比的脑门，决定回圣地亚哥。上了防波堤我还特地环顾四周，没那三个女人的影子，我竟隐隐地如释重负。老宋开车。我拉开副驾驶一侧车门准备上车，一双赤脚出现在车旁。沿着那双女人的脚往上看，没有悬念，我先是看见腰间的绣花布鞋，然后是被乱发遮住的脸，最后才是她的手。手里攥着一副扑克牌。

我又到口袋里掏烟。她挡住我，随手把扑克牌分成两半，一手捏一半。我瞄了一眼牌面，以仅有的塔罗牌知识，认出那是伟特塔罗牌，因为每张牌上都有可以相互连缀起来的故事画面。

“你走不掉。”赤脚女人幽幽地说。她第一次开口，用的是英语，“这是它说的。”她两手对扣，塔罗牌撞击塔罗牌发出令人心惊的沉闷声响。

我一阵慌乱，把掏出来的半盒烟猛地塞到她两手之间，弓腰上了车，砰的一声关上车门。我对老宋说：

“快，开车。”

那女人还站在车窗外，花白的乱发后面似乎露出了微笑。我们的车驶离老港口。

经过海边，进入丘陵。二十分钟后，老宋把车靠路边停下，我们决定下车看看。一路都在颠，像一直在过减速带。开始还不太明显，车偶尔跳一下，我们还以为是紧张的心跳带来的错觉，没当回事。蹦跳的频率变高，我们以为是马路的问题，我还打开车窗伸出脑袋，发现地面上的确有不少小石子。继续走。直到出现了有节奏的律动，我和老宋对一下眼，突然都不吭声了。

右后车胎瘪了。昨天他刚在家门口的洗车店检修过，经验丰富的洗车师傅拍着焕然一新的车头说，去蓬塔阿雷纳斯打个来回都没问题。蓬塔阿雷纳斯在智利最南端，也是世界上最南端的大陆城市，距离圣地亚哥三千公里。咱们只来了瓦尔帕莱索啊，一百二十公里，路况不能再好了。

车胎软塌塌地趴在路面上。“有人动了手脚。”老宋是个老司机。

“难道，”我说，“那三个吉卜赛女人？”

除此之外，找不出第二种可能。我们简单地复了一下盘：港口的空地上停了不止一辆车，但只有我们这辆 SUV 块头最大，且白得耀眼，完全是羊群里跑出来一匹马。她们一定看见我们从车上下来。我们在海边的那段时间里，足够她们把车子大卸八块再拼装到一块儿。对着车胎扎一刀两秒钟足够。

“这种事常出？”

老宋说：“一切皆有可能。”

好吧。可是老宋没带备用轮胎。我们站在路边，眼睁睁地看着车向右后方塌陷。这是一匹总想后坐的白马。退回瓦尔帕莱索肯定不行，车轱辘受不了；带伤继续往前跑，老宋心里也没底，他记不起前边多远有修车的铺子，如果太远，跟返回瓦尔帕莱索一样不现实。老宋先打了道路救援电话，打到第三次才接通，回复说，今天事故较多，几队人马都在忙，赶到出事地点预计在三个小时以后。老宋气得要摔手机，三个钟头，请圣地亚哥的救援人员过来也可以打个来回了。但没办法，这地方归瓦尔帕莱索管。给瓦尔帕莱索的修车店打电话，人家没这业务。再说空口无凭，要是“逗你玩”，这费用算谁的？我自责也无益，要不是我的惊恐和抠门，那三个女人也许就不会下此狠手。老宋让我别着急，方法总比问题多。

下午四点半，智利的阳光大不如前。时不我待，商量的结果是，老宋搭车返回瓦尔帕莱索，拿着钱直接把修车店的师傅带过来。我留下来守车。这是我们能想到的最有效的办法。

老宋搭了一辆奥迪。在此之前，我们俩把车推到距路边五米开外的一处安全的斜坡上。坡上荒草枯黄，几只智利窜鸟在灌木枝上跳跃。我挑了一块平整的石头坐下，读完五六首聂鲁达的诗，困意从诗集《大地上的居所》里升起来，我爬上车，把座椅放倒，躺了下来。

醒来时天上有了黑影，看手机，屏幕也是黑的，没电了。老宋百密一疏，临走时没把车钥匙留下，想在车上充电不行，看看车上的时间也不行。我到车外伸了个懒腰。眼看夜晚如黑幕垂天而降，老宋联系不上我，一着急，很可能油门一踩就错过去了。我爬上车，坐到车顶上点着烟。在这荒郊野外，一辆车和坐在车顶的人你看不见，明明灭灭的烟头还是容易发现的。果然，在这个平缓的拐弯处，偶尔经过的车辆大都把速度放得更慢，以便弄清楚半空中为何突然亮了一盏小红灯。还有一个哥们儿打开车窗对我喊：

“Good job.”

天彻底黑下来，不知道晚上几点。两道车灯打过来，显然没走正道，灯光直直地奔着我来了。我一下子没站起来，盘腿坐久了，腿麻软跟酥了似的。灯光定住，我遮住眼。我知道不会是老宋，它是从圣地亚哥方向来的，我还是问了句：

“老宋吗？”

车窗降下，一个女声，西班牙语。见我没回话，改用英语又问：“要帮忙吗？”

“谢谢，那就告诉我现在几点了吧。”

对方一定觉得这要求有点怪异，她笑了一声，说：“智利时间，晚上六点二十六分。”

“谢谢。”腿脚恢复了知觉，我跳下车。

对方也从车里走出来。在车灯的余光里，能看出是个漂亮的姑娘，高挑，长头发，穿一件黑色的皮夹克。“车抛锚了？”

“算是，我朋友去找修理工了。”

“打不着火了？”

“钥匙被带走了。你怎么知道车打不着火了？”

“大冷天，谁会坐在车顶靠抽烟取暖？”

遇到聪明又有意思的人了。我缩缩脖子原地跳了两下，把烟盒递过去，“要不一起来一根？”

她没客气，抽出一根，夹到噘起的上嘴唇上闻了闻，说：“中国的？日本的？我猜是中国的。”

“为什么是中国的？”

“味儿像。”

我向她伸出手，“老革命。”

她愣一愣，立马回过神，笑起来，握了一下我的手。“我在古巴待过半年。”

我说：“同志。”

她又笑，“同志。”给她点烟时，她打了个哆嗦，吐出一口烟，说，“下露水了，到我车里抽。”

宝蓝色的雪佛兰。她把车开到斜坡上，停在老宋的尼桑旁边，我坐到副驾驶座上。表盘上方有一瓶香水，我喜欢的薰衣草味。她把瓶盖合上，“抽完烟再让它工作。”

一是一二是二的姑娘。“智利人？”

“也可能是墨西哥人。”

这个回答别致。“双重国籍？”

“国籍是墨西哥。我爸爸是智利人，当然这是我妈妈说的。”

这种事常有。再问下去涉及隐私，到此为止。我掏出手机，问可否借她的车内电源充下电。我问得谨慎。要充电，就要耽误时间，这大晚上的，还在荒山野岭，人家一个大姑娘。没想到她爽快地答应了。

“爱充多久充多久。”她说，找到充电线。竟然是万能的，不知道是不是咱们义乌产的，反正总有一个接口适合你。“十二点之前到瓦尔帕莱索就行。”

“有事？”

“见我妈。明天我爸生日，她非要跟我一起庆祝。”

“冒昧问一句，你爸呢？”

“谁知道呢。不说我了。你是干什么的？”

“考考你眼力。”

“艺术家？”

“眼够毒，你会算命？”

“我学过一点占卜。你不信？你冷？我开点暖风。”

“我当然信，”我说。善解人意的姑娘，真有点冷。“你说你是天使我都信。”

姑娘大笑起来。“再来一根。”她夹着烟叼在唇上，脑袋凑过来接火。我摁下打火机，红黄的火苗照亮她的脸，高鼻梁，浓眉毛，大眼睛，唇线清朗柔和。比墨西哥人的皮肤白，她妈说得没错，她爸很可能是智利人。

“看什么呢？火！”

“抱歉抱歉，”我把火递上去，“失态了。没见过你这么漂亮的姑娘。”

她一撇嘴，“讨好女孩也不知道换个谎撒。”

“讨好女孩我从来不撒谎。”再聊下去她可能要生气，充了一会儿电，可以打开手机了。

“真的？”

我说的大实话。手机开了，很安静。没有电话进来，也没有短信。她突然欠起身子，在我的左腮上迅速亲了一下。我转过脸看她，她又欠起身，以相同的速度把嘴送过来。亲完了她想笑，我没给她机会，我比她的速度更快，一把揽住她的脖子。不能让她回去。事不过三，事情当然不能过三，两次就足够了。

两张充满烤烟味的嘴巴无缝衔接了多久，没有表，也看不到手机，我估算不好。也不必去估算，这个深秋的夜晚我们有的是时间，我一时半会儿等不来老宋，她好像也不愿意早早地去见她妈。把时间放到一边，我的注意力集中到她舌头上，那就是个芭蕾舞演员，柔韧、有力，弹跳力一流。

终于可以喘口气了，她的眼神突然专注起来，盯着我超过五秒，声音降了八度，几乎是耳语，说："到后面去。"

我下了车，车灯已经关上。等我拉开车后门，她已穿过前排两个座位之间的空档到了后排座位上。她的个头不小，比我想象的要灵活得多。后排的三个座位并在一起，也比我想象的更辽阔。

瓦尔帕莱索无边的黑暗笼罩下来。露水旁若无人地落在一辆孤独摇晃的宝蓝色雪佛兰轿车上。当然，在醒着的智利窜鸟眼里，此刻这辆奇怪的车肯定也是黑色的。

手机突然在前排座位上响起来。我选的来电提示音乐，《铃儿响叮当》。应该是老宋，总算有信了。我伸出手去摸手机，被她一把拽回来。

"不许接。"她说。

我们任由铃儿一直响下去，直到车里只剩下我们两个人的声音。

最后，我们也安静下来。我给老宋打回去。老宋一直在电话那头说抱歉，没想到屋漏偏逢连阴雨，找了半天才找到修车店，好容易说服师傅愿意野外作业，心急吃不了热豆腐，十字路口跟另一辆车追尾了。掰扯了半天，交警那边刚把手续走完。少安毋躁，半小时准到。我把老宋的话翻译成英语给她听，她理着衣服害羞地低下头，说：

“跟他说，不着急，这段时间我们很充实。”

我嘿嘿地笑。她叫埃莱娜。她把车顶灯打开，从被匆忙推下座位的包和方便袋中找水给我喝。先在前排座位后面捞出一个袋子，又在后排座位底下摸出一个布包。包上绣着墨西哥式的花朵，布包两面一面一朵仙人掌花。

“这是什么？”我问。

“我妈的鞋。她只穿布鞋。”

“可以欣赏一下吗？”

她递过来一瓶矿泉水。我打开布包带子，第一眼就看到了鞋头上的绣花图案。我把带子系上，像什么都没看见。

“令堂为什么只穿绣花布鞋？”

“喜欢呗。准确地说，是我爸爸喜欢。”

我犹豫了一下还是问了：“令尊现在哪里？”

“这得问上帝。长这么大我就没见过。”

“去世了？”

“可能吧。我妈妈认为他只是失踪了，躲在智利的某个角落里不肯出来。不出来也不行。我妈妈发誓，就是藏在老鼠洞里也要把他揪出来。”

“所以她就满世界地找，流浪讨饭也在所不惜？”

“完全正确。我们家族的女人都一根筋，对上眼了，到死都不撒手。你也能掐会算啊？”

“看过几页塔罗牌的书。啥叫对上眼了？”

“我也不知道啊。”她说，把脸颊往我长了一天的胡碴上慢慢蹭，话多起来，“你懂塔罗牌？我也会一点，我妈妈教的。她算得才叫准。所以，她做什么我都不劝，劝也没用。对了，”她把脑袋往后撤，捧住我的脸，一寸一寸又凑过来的眼睛里幽光闪动，“你叫什么名字？”

手机又响了，还是老宋。我对埃莱娜做个手势，说：

“稍等，先接个电话。”

我很想问问老宋，除了香烟和钱，关于那些流浪的吉卜赛女人，他还了解多少。

2022 年 2 月 2 日，远大园

玛雅人面具

那段录像很多朋友都看过，我没有瞎说。录像中，那座倾圮的金字塔废墟一样瘫在奇琴伊察。可能找起来有点麻烦，本地人也未必知道，但我相信它在。千真万确。除了金字塔，除了通往金字塔顶端的隐约小路，以及石头与土堆间的荒乱草木，只有画外音般植入的解说。

那人当时用的是英语，他说每年都会来几次，带有缘人过来看一看。我还问了他一句：何为有缘人？他说："比如你。"我应该继续问下去，为什么我是有缘人。但当时正沉浸在决定随他来此的虚荣中，此外，不免想到这又是旅游点的套路，便一笑置之。因为野外大风浩荡，那些声音被风稀释后，在录像中已经无法分辨他还说了哪些内容。惭愧，这都怨我没把英语整地道。我的确可以凭借那点"披头散发"的英语游遍整个世界，但如果语速过快、方言太重，或者干扰一多，我就只能傻眼了。那天我顶着大风就傻了。

录像里有两句话极突兀地高亢出来。我找墨西哥的朋友鉴定，说，那是玛雅人的土语，比当地人的方言还要古老一点，大意是：我看见的在极高的高处，我想象的在很远的远方。我给拽了一下文，即我所见者高万仞，我所思兮在天涯。什么意思？我也不懂。他为何唐突地抒起这巨大的情，我也不明白。当时我既没看懂，也没听懂，只见他背靠一块打磨过一半的大石头，突然像主持人那样张开双臂。拥抱完我看不见的东西之后，他垂下手臂，继续引领我沿着那条布满碎石的荒芜小路往高处走。我跟在他身后三四米处。这个距离既可以随时调焦，把废墟般的金字塔整体和局部自如地呈现出来，又能保证他一直都被框在镜头里。

——只是现在，你再看那段录像，金字塔和人声、风声、鸟叫声都在，人不见了。

人叫胡安。墨西哥叫这名字的有几十万人。单奇琴伊察这一个地方，我的出版商朋友说，也得上千。后来他又去奇琴伊察，动了不小的脑筋，基本上把上千人捋了一遍，还是没找到我说的这个胡安。他是个做面具的，纯手工，一刀一刀刻出来，然后叮叮当当背到金字塔景区附近卖。

那天，出版商朋友陪我看完著名的库库尔坎金字塔、勇士庙和千柱群，从高大丰肥的热带树木的阴凉里走出来，一群叫卖声热浪一般扑面而来。朋友说，墨西哥的面具一定要带一个回去。

必须的，我是木匠的儿子，见到好木工就起贪心是遗传。我爸是全镇最好的木匠，当然早过气了，也干不动了。手工木匠活儿，现在年轻人看不上，结婚、装修宁愿要烤漆的板材家具，虽然单薄且寡，但看着光鲜洋气，能当镜子用，也便宜。我爷爷也是木匠，据说我爷爷他爸也是木匠。总之，我出身木匠世家。世家不是随便说的，必须有好木匠。好木匠从来都不止做家具，必然是做着做着就有了“艺术”上的野心。

比如我爷爷，家具之外，最拿手的就是脸谱面具。我爷爷是个好木匠时，我们那里还很穷，戏班子化装买不起油彩，就让我爷爷把张飞、关羽、包公的脸谱做成面具，往脸上一扣，可以反复用，又不伤皮肤。全县大大小小的戏班子、文艺宣传队，大大小小的面具，都出自我爷爷之手。到我爸，艺术抱负放在了木雕上，观音菩萨、寿星、钟馗、送子娘娘、善财童子、齐天大圣，你说出个名字，保质保量，准时到货。我爸不做面具，没市场，但我家里堂屋东山墙上挂着大几十个面具，有我爷爷的手艺，更多的是五湖四海搜罗来的。我有义务为那面墙再添一件展品。

景区外卖面具的摊子一个挨一个。大同小异，三维立体的面具，脸部突出，面部上端雕刻着各种造型的太阳神和蛇神，木头的材质也一样。都是机器加工出来的批量产品。所以看见胡安手工制作的面具，我两眼为之一亮。造型奇特，对面部和面具上方的装饰处理充满了想象力。除了太阳神、蛇神等常见的玛雅人图腾，他把日常生活雕到了面具上：有人在渔猎，有人在吃穿。

他穿着玛雅人的民族服装，留长发，下巴垂下一绺小胡子，盘腿坐在一堆面具后面的地垫上。刻刀平稳地在木头表面前进，一条条木头片轻微卷起，刀停下，木条掉落下来。一条马尾巴在他脑后摇荡。可能三十多岁，也可能更大，我对墨西哥人的年龄缺少判断力。刀起木落。几个动作过后，开始给面具开眼。慢下来。如果把之前的走刀比作大写意，那现在就是工笔。我惊异处也正在于此。那些规制统一的面具，眼睛部位就是两个核桃形状的空洞；他刀下的眼睛也是挖出两个框框，但你就觉得那眼睛是有神的，好像框框里面真有两只会转动和聚焦的眼珠。面具在他手中变换位置，我分明觉得一双眼睛在从不同角度盯着我看。耸然一惊，天似乎也不那么热了。陪我来的出版商是梅里达人，这地方来了不下十次。照他说的，除了偶尔出现的漂亮性感姑娘，这里已然没有什么能再提起他的兴致了。他问我，买吗？不买就下一家。我说当然买。蹲下来挑了一副太阳神和蛇神脸对着脸、他们的头像下面有山峦起伏和丛林密布的面具。

那面具空眼眶同样是聚焦的。我用磕磕巴巴的西班牙语问："多少钱？"

胡安头都没抬，刀搭在膝头正做的面具上，右手五指张开，在我眼前晃了晃，然后又拿起刀，继续雕刻。五百比索，折合人民币不到两百。挺划算。我朋友用英语提醒我，有点贵，三百就能拿下。

我回他："不贵，值。"

胡安抬起了头，真正让我震惊的事来了。如果不是在墨西哥，如果这不是一个做面具的玛雅手艺人，我就要用汉语问他老家哪里了。天地良心，他比很多中国人长得更像中国人。黄皮肤，黑头发，黑眼睛，脖子比别的玛雅人都长，身材也比其他玛雅人瘦高。看见他一张中国脸，我确定应该在四十岁左右。

关于玛雅人是中国人的后裔之说，略有耳闻，零零散散也看过一点资料。比如，有学者说，商周时期，商被周打败，二十五万商人集体东渡，一部分到了墨西哥高原，由此缔造了伟大的玛雅文明。中国人和玛雅人的确外貌相似，文化也十分接近，甚至有科学家对古代玛雅人的遗骸做了化验，发现他们与中国人在"线粒体 DNA 中含有三十七个相同基因"。文化角度上也有一说：我们的古籍《山海经》中，《大荒东经》和《海外东经》里就非常精确地描绘了美洲地区的地形地貌和这些地区特有的动物。当然，也似乎有足够的证据表明，玛雅人跟中国人没任何关系。这事儿不归我管，咱们说的是胡安。

胡安抬起头，用英语对我说："谢谢。"

"值。"我又说。

梅里达的朋友白我一眼，摊手耸肩。

"第二副，"胡安说，拿起另外一副面具，"三百。"

比我买的那副面具还大。刚才我真为它犹豫过，因为大，才放弃了。朋友提醒我，买的一堆小零碎，早把两个大行李箱塞满了，总得给随身携带的登机箱留点空间，还有一周才回北京，谁知道会碰上什么好东西。

"这个有金字塔，跟他们的都不一样，"胡安说，"平常卖八百。"

他没把金字塔雕成上下结构，而是塔尖冲正前方，整个金字塔就像面具额头上长出的棱锥形独角。面具鼻子凸起，金字塔的角比鼻尖还高。正所谓鼻子不到人前，角先到了。这造型我喜欢。我对朋友使个眼色，真动心了。朋友又一个摊手耸肩。

"先生喜欢我们的金字塔？"胡安问。

我点头。

“我就知道您是喜欢玛雅金字塔的人。”

“何以见得？”

“直觉。”胡安一笑。真是太中国了。“有一处金字塔您肯定没见过。”

“哪儿？”这回是我朋友接的话。他自诩整个墨西哥没有哪座金字塔他去过的次数少于一个巴掌。

胡安比画了一个位置。那地方我的出版商显然也蒙了。为了说明白，胡安用西班牙语跟他解释。我只能干瞪眼，在一边听鸟语，只看着我的朋友半分钟点一次头。终于不点了，他对我说：

“值得去。”

“那好啊，同去同去。”

“值得你去。”朋友说，打了个哈欠。“我来奇琴伊察比去看我妈还勤，下次吧。车给你们，我去酒吧喝两口，眯一会儿。回来别忘了接我就行。”他们俩刚刚用西班牙语已经顺便谈好了行程和价钱，由胡安开车带我去。出版商早起去酒店接我，赶了个大早，困是肯定的，但酒瘾犯了可能才是根本原因。

事情就是这样。胡安把他的面具打包寄存到旁边一个小店里，坐到了我朋友奔驰车的驾驶座上。打火之前，他向我伸出手说：

“我叫胡安。幸会。”

奇琴伊察不大，南北长三公里，东西宽两公里，这个意为“在伊察的水井口”的城市一马平川，不存在当地人都罕见的金字塔，所以，我做好了跑远路的打算。起码得跑上一两个钟头吧。出了城二十分钟不到，驶过一条两边灌木和树林如屏障的沙石路，路越走越细瘦，在一块覆满青苔的方形巨石前，胡安停车熄火。我跟着他穿过一片热带雨林，完全辨不出方向，就像穿行在某个史前巨型动物燠热的盲肠里，两分钟就蒸出了一身油腻的汗。胡安为我清理灌木和藤萝，叮嘱我走路时看好头顶上和脚底下。雨林里远远近近传来各种奇怪的声响。五分钟后，天亮起来，豁然开朗，一座荒芜散乱的高台矗立在一片开阔的林中空地上。一八四二年，探险家约翰·弗洛伊德·斯蒂芬斯和弗雷德里克·卡瑟伍德第一次发现奇琴伊察的历史遗迹，惊喜地高声尖叫，跟他们一样，我也创世般兴奋地喊起来。

毫无疑问，这个倾圮的高台曾是古代祭祀用的金字塔，灌木、荒草、苔藓和碎石遮蔽不了它内在的秩序。荒芜和散乱自有其方向，草木与石头或成片分布，或沿线蔓生，各自遵循隐秘的逻辑。我突然生出一个强烈的感觉：它静静地伫立在这块平地上，已经等了我很多年。历史与当下，从来不会无端地劈面相逢。我决定把它拍下来。打开手机的拍摄功能，我让胡安一边讲解，一边带领我沿着我看不见而胡安无比熟悉的小路，跌跌撞撞地向上攀爬。胡安善解人意，为了让我听明白，用英语说，关键处还不厌其烦地重复。

天上降下大风，四周的雨林和高台上的草木开始涌动。热带雨林我极少去过，长风浩荡的经验完全没有，大风里拍摄的经历我更缺乏。我大声地问，胡安就大声地答，我听见了，我以为手机也听见了，没想到镜头里留下的，只是有限的一点没被大风挤走的含混声音。你只能辨出那是人声，如此而已。直到胡安背靠一块巨石，布道般抒发他之所见与所思。人兴奋了发发癫，胡言乱语一下纯属正常；说什么不重要，别人听懂与否也不重要，所以当时我完全没当回事，还跟着他一起比画了一下，有那一段抖动的画面为证。

我们在大小石头、泥土和灌木中登临高台之巅。金字塔并不比周围的雨林高多少，我们仅看见一片热带雨林树梢组成的浩瀚海洋；大风经行辽阔的水面，绿色波浪前呼后拥。看不见远处的库库尔坎金字塔。在一块石头的背风处，我请胡安抽了两根我老家产的苏烟，他吐出一口烟，说烤烟型抽着挺舒服。绕着圈又俯拍几张照片后，我们原路返回到地面。路上我问胡安，为什么这座金字塔在奇琴伊察也鲜有人知?

“是人就有盲点。”胡安说，“眼睛并非任何时候都看得见。”

到了我朋友休息的咖啡馆，他正从沉实的酣睡中醒来。睡着之前，他喝了三杯龙舌兰酒，此刻酒意和困意刚刚消散。

回到墨西哥城，做了几场新书推广活动，回国的日期就到了。果然如我的出版商所言，行李箱真就多出了那副面具，我只好装进背包，随身带回了北京。回到家，收拾停当，我把两副面具拍的照，跟胡安带领我的金字塔遗址之行的录像一起发给了我爸。老爷子刚学会用微信，每天抱着手机不撒手，要开眼看世界。

先反馈回来的是对面具的意见：“做得真是好。高人。”

十分钟后又来一条微信：“录像里谁在说话?”

我回：“胡安啊。镜头里的那个玛雅人，面具就是他做的。”

“哪有什么玛雅人?”

我刚要回，微信语音电话打过来了。

“连个人影都没见着，”我爸说，“你确定他是什么玛雅人?”

“当然是玛雅人。您说什么？人影都没见着？”

“就是没人。”

我把语音电话挂着，查看发给我爸的视频。果然没人。前前后后又拖着看了三遍，真的没人。后背上唰地出了一层汗，像身上突然长出了毛。天地良心，我的镜头完全是追着胡安走的，不是他的正面，就是他的背影。他的声音在，但人不见了。该有他身影的地方，现在像空气一样透明；或者说，胡安透明的身体没有遮住任何景物，金字塔和它的乱石草木一样不少。我拖到了胡安那段慷慨激昂的抒情处。我爸在电话里问：

“他说的啥？”

“我哪知道。听不懂。”

“听着，有点，耳……耳熟。”我爸结巴了。

我们俩的语音都挂着，谁都没出声。哪个地方出了问题。

“有时间你回来一趟，”我爸先开的口，“面具带着。”然后没打招呼就断了语音通话。

这在我们父子俩的通话史上是头一回，过去都是我先挂的电话。我把录像又仔细过了一遍，还是没人。诡异。我蜷进沙发里，连抽了三根烟，压完惊给四个信得过的朋友分别发了那段视频。我提醒他们：“那玛雅人跟中国人没两样。”

十来分钟，信息回笼。

一个问：人呢？

另一个说：扯淡，这么低级的玩笑也开。

第三个朋友问我：是不是发错视频了？

最后一个完全无视我的提醒，直接回：这金字塔不怎么样啊。

顾不上时差了，我给出版商打去电话。他从睡梦中清醒过来后，首先对我发誓，我们的确见过那个胡安，他对他印象还挺好。我在电话里让他听胡安的那句抒情。反复听了几次，他才尝试着用英语向我解释大致意思。他让我把视频用电子邮件传给他，反正也睡不着了，索性看个稀奇。半小时后，我收到邮件回复。他说看第一遍时，也认为我是在开玩笑，又看一遍，认真比对了我的拍摄角度和声音来源，他断定，镜头里应该是有人的，但他确实连个人魂儿也没见着。在邮件末尾他写道，最近他会回梅里达，如果时间宽裕，他再去一趟奇琴伊察。真他妈见鬼了。

如果不是我妈电话，我会推迟几天回。我妈说："你爸脸色不大对。"当晚我就买了机票回老家。我爸一向不苟言笑，不细心真看不出他的脸板得更硬了，经年的土地板结了一样。他把两副面具翻过来掉过去地看，最后目光都落在空眼眶上。他用手指肚一寸寸摩挲那四个空眼眶。一个老木匠这本事当然有。

“手法像。”我爸说。

“什么手法像？”

“老二。”

我看看我妈。我妈小声说：“你二叔。”

“他不是早死了吗？”

“是失踪。”我爸纠正，“再没回来，就当死在外头了。”

有点蒙。我竟然听了四十年的假消息。

我爸一屁股坐到老式藤椅上，让我给他根烟。“老二发火时，嘴里吼得跟录像里那声音一模一样。”

二叔是我二爷爷的儿子，从小和我爸一起跟我爷爷学木工。天赋极高，学啥像啥，做啥成啥。这我断断续续都听说了。我爸说：“他最拿手的是面具，得你爷爷真传。你们的文话怎么说？对，青出于蓝而胜于蓝。胜在眼睛。”十八岁，我二叔就跟胡安一样，能把空眼眶挖出眼神来。

我爸也是个木工好手，其他的活儿都不比二叔差，但面具之眼不及。师父是我爷爷，我爸自己的亲爹，我爸又比我二叔长两岁，所以面子上一直过不去，心里也不舒坦，长年跟老二较着劲儿，隔三差五也会找弟弟一点不痛快。“那时候年轻，也是心眼儿小，”我爸说，“哪知道以后的路有多宽多长，一辈子有多苦多难。”他找了不少碴儿，也使了不少小坏。最后一桩，是在一副面具上动了手脚。

那是二叔代我爷爷给县淮海剧团做的道具。某天早上，我爸先到工房，看见我二叔头天做的面具放在案子上，虽然尚未彻底完工，但那空眼眶里流转出的眼神依然诱人。我爸说，他的嫉愤之火瞬间被点燃。那眼神太精妙了，也太微妙。正因为精妙和微妙，所以经不起半点差池，关键处多那么一两刀，眼神必会散掉。我爸关上工房的板门，拿起刻刀。刀刃刚切进木头，二叔推门进来，大吼一声，把我爸掀翻在一堆木屑刨花上。我爸说，他第一次闻到刨花和木屑散发出来的味道如此酸臭。我二叔拿起面具，对着右膝盖猛地一磕，薄薄的面具裂成五瓣。接着他继续大吼。

“爸，您确定二叔吼的跟胡安说的一样？”

“年头太久，又不像人话，哪记得清。”我爸的声音衰弱下去，“听到你那个什么玛雅人胡安的声音，我好像又想起来了。就算不是一模一样，也大差不离。那个味儿，不会错。”

“然后呢？”

“你二叔第二天没来干活。第三天也没有。从此就消失了。”

“会不会，二叔碰巧想出个远门，到外面的花花世界闯荡闯荡？”

“年轻人谁想窝家里？老二倒是一直嘟囔想往外跑。问题是，他是出了这事才不见的。”

我爸木头一样的脸上，皱纹开始细密地游动。我爸三十三岁有的我，在此之前十年里，走街串巷，成了个云游的木匠。活儿从江苏做到山东、安徽、浙江和河南，最远到过江西和湖北，二叔的音讯一点都没打听到。用现在的话说，我二叔人间蒸发了。游方的那些年，唯一的收获是在山东认识了我妈。三十二岁，在乡村已是超大龄青年，只好带着我妈回到老家，安稳下来过日子了。也没法再跑，爷爷奶奶和二爷爷二奶奶年纪都大了，腿脚日甚一日地不利索，他得守着，把四个老人伺候周全了。二叔没找到，但十年辛苦也非寻常，二爷爷拍了一下我爸肩膀，长叹一声老泪纵横，事情就算过去了。

消失既久，形同消亡。街坊邻居也说，徐家会做面具的老二，早已经死啦。

二叔唯一的遗迹，是挂在山墙最高处的两副脸谱面具。一个是张飞，一个是碎成五瓣又拼接到一起的颜回。在那个特殊的年代，颜回的这出“侍读”孔子的地方戏，主要是供批判之用。没错，张飞二目圆瞪，炯炯有神；颜回的右眼五十年前被我爸挖了一刀，眼神只能斜视了。这些过去我都没注意过。我爸让我把两副玛雅人面具也挂上墙，跻身于近百副面具和脸谱中间。其他的面具中，一部分是我爷爷做的；三副是我爸学艺时的作品；大部分是他在十年游方中收集来的；剩下的都是我的贡献，世界各地跑，见到我就买了往回带。我爸盯着挂好的两副面具，背着身问我：

“你说，那个胡安是什么人？”

“墨西哥玛雅人啊。”

半个月后，墨西哥的出版商给我邮件，他去了奇琴伊察。很遗憾，掘地三尺也没能找到胡安，胡安带我去的那座雨林中的金字塔也没找到。胡安寄存过面具的那家杂货店店主说，他完全记不得有一个扎着马尾巴的叫胡安的瘦高个男人。叫胡安的人太多，做面具的也不少，全世界的人出入他的小店，你来我往，谁有那么大的脑袋全记住。照我的描述，出版商雇了一名当地的向导，驱车到了那条沙石路的尽头。他看到了那块大石头，但左转进热带雨林后，披荆斩棘走了两个半小时，也没发现哪儿有林中空地，更没见着视频里的那座金字塔。

“全是树，一棵接一棵的树。”他用诚挚的文字跟我说，“兄弟，我尽力了。”

鉴于我们长期愉快的合作，我想我不应该对他有所怀疑。

2022 年 1 月 31 日，知春里

中央公园的斯宾诺莎

接到警方电话时，我刚在波特兰的一个小城里朗诵完自己的小说。一个典型的美国中西部男警察的声音：冯教授自杀了。挂掉电话我就找主办方，接下来的活动只能抱歉了，我得回去。他们立马给我查机票，两个小时后还有最后一趟航班。回酒店收拾行李，一路狂奔到机场。司机小哥说，十年了他没开这么快过。我是那趟航班最后一名安检的乘客。

小飞机，一共不到三十个座，我的那一侧只设单座，让我有种坐小舢板漂洋过海的感觉。天气也不佳，一路都是强对流，飞机从升上天空一直摇摆到降落。要在平常，我肯定晕得能吐出苦胆，但那天我像块石头坐定，悲痛和后悔让我越来越沉。我知道这几天老冯情绪不好，昨天我刚到波特兰，他还给我打了个电话。他在电话里跟往常一样，说："兄弟，聊聊？"听见接机人员要帮我拎行李，便又说："你先忙，回头再说。没啥事。"我说好，到酒店打给你。到酒店简单洗漱，主办方邀请参加文学节的作家和诗人到镇上的酒吧里喝一杯，电话没打成。然后，古巴诗人强力推荐他们的朗姆酒，结果上了头，舌头有点硬，就耽误了。来之前我也曾犹豫，老冯状态不好，但我想，五十岁的人了，又是搞哲学的，什么问题想得不比我通透？文学节活动我答应了，该做的人家都做好了，临时撂挑子不合适，就来了。

就这么寸。

老冯死在公园里。这座中西部小城以一个大公园和一所大学闻名。公园也叫中央公园，没纽约的那个有名，但比纽约的那个大。它从小城中心开始往西北方向扩展，像喇叭一样越吹越大。靠近河流的那部分成了湿地，表面看草木葳蕤，一脚踩下去就成了烂柿子，能要人命；若到夏天，大水会像特工一样悄悄地漫上来。老冯把车开到小路边缘，再进不去了，他下车，随身携带一瓶水、一瓶药、一部苹果手机、一本康德的《纯粹理性批判》。他先把每天散步的那条路走一遍，然后拐弯往湿地方向走。那地方他带我去过，安全又安静，适宜听风吹草木和各种鸟鸣。荒草过人，躺下来谁都看不见。他踩倒仅供容身的几丛荒草，躺下，把《纯粹理性批判》枕到脑袋下面。

书中夹着一封遗书，遗书上声明，自杀与他人无涉，完全个人决定。若有未尽事宜，可麻烦徐先生。老冯把我的电话留在了括号里。

到接到警方电话，我认识老冯满打满算四个月零十九天。我来 K 大是受邀驻校写作。K 大有个全球著名的国际写作中心，每年从世界范围内邀请几名作家和诗人来此驻校交流。这一年是爱尔兰的一位剧作家、肯尼亚的一位女诗人和我。没什么事，除了定期与作家、教授和学生交流，在大学和市公共图书馆做个讲座，其余时间都是自己的，写作、看书、旅行，随你便。我没打算把书房搬到美国，所以大部分时间都在外面，背着包到处乱跑。坐上一辆灰狗，觉得沿途哪里不错，就停下来待两天。留在小城的那些日子，除去写作中心的规定动作，大部分时间都耗在跟老冯的聊天和吃喝中。

初次见老冯是在写作中心的欢迎晚宴上。他教哲学，跟文学关系不大，但却是 K 大唯一的华人教授，写作中心善解人意，邀他来纾解我的乡愁。我恭敬地叫他冯教授，同时惊讶于一个浙江人竟生得如此孔武，一米八八的身板，小平头，头发硬如钢针，更像个教体育的。“叫我老冯，冯哥也行，”他拍我肩膀，我听见自己的骨骼尖厉地叫了一声，“我大你十六岁。我姐就嫁在你们江苏。”衣着也跟说话一个风格，一件泛黄的圆领白 T 恤，外面套一件起码五年没熨过的休闲西装，洗旧的蓝色休闲裤在膝盖处鼓起两个大包。翻毛的休闲皮鞋磨得黑亮，年头肯定也短不了。他说，明晚如果有空，请我喝酒，“就当邀请了啊。”

从写作中心给我们租的公寓到老冯家，步行二十分钟。下午六点，我还在昏昏然的时差里，但这不影响我迅速找到了他的房子。不是带草坪和车库的“house”，而是单元房。老冯一个人住，没存下几个钱。我跟着香入骨髓的红烧肉和酱牛舌香味来到他家门口。

必须多说几句冯氏红烧肉和酱牛舌，这是我在国外吃到的最好吃的红烧肉和酱牛舌，没有之一。这次驻校写作是我在美国待得最长的一次，半年，也是最开心的一次，没有什么能比红烧肉和酱牛舌更治愈乡愁了。我们迅速结下了牢固的“酒肉”友谊。我无法向你描述它们有多好吃，但我可以告诉你冯氏红烧肉的一个诀窍，就是焖红烧肉时加一点可乐，可以将肉加速煮烂，同时入糖和调色。酱牛舌，还是不描述了，反正切一盘子，我和老冯能聊五个小时，喝掉二十听百威。所以只要不出门，最多三天我就会去一趟老冯家。他想跟我聊国内的事，所有事他都关心，垃圾处理他也有兴趣。闲下来他就给我打电话。

“到国外你才能知道你有多爱国。”老冯语重心长地说，“兄弟，来吧，红烧肉和酱牛舌已经下锅。”

我也不打算矜持，闻着味儿一路小跑就过去了。

喝酒吃肉时我们聊的绝不庸俗，非关时事即涉学问。在那满满三居室的书堆里，聊鸡毛蒜皮你会觉得是个罪过。当然谈文学时更多，哲学我只懂点皮毛，康德、黑格尔都没读完。老冯是康德的专家，当初 K 大把他挖过来，看重的就是他在康德研究领域有两把刷子。刷子大到什么程度？欢迎晚宴那晚，写作中心主任跟我说，K 大的师生给了老冯一个外号：中央公园的斯宾诺莎。主任很得意这个外号，虽然说的是冯教授的哲学成就，用的却是咱们文学的典故。读过 1978 年诺贝尔文学奖得主艾萨克·辛格的朋友都知道，他有一部著名的短篇小说，《市场街的斯宾诺莎》。主任补充说：“咱们 K 大的斯宾诺莎，可是货真价实的斯宾诺莎哈。”

从来 K 大起，老冯就住在中央公园边上，环境好，确切地说是散步方便。天大地大，中央公园被他走出了无数条路。“思考的重要方式就是散步。”老冯说。十二年来，他的所有研究成果都是在公园里各种曲里拐弯的小路上想出来的。像他的偶像康德那样。我跟他说，若干年后，K 大将会在中央公园辟出一条“冯石开小道”，以遥遥呼应柯尼斯堡那条著名的“康德小道”。

公园里的聊天就家常多了。好景太多，树木、花草、鸟虫和小动物，尤其到人迹罕至处，越过一片水洼、拨开一根树枝，甚至松鼠在经年的落叶间转个身弄出的响动，问题的逻辑就断了。

家长里短就不一样，有一搭没一搭，隔多久都连得上。也就是在陪老冯一次次深入中央公园的探险中，我得知了老冯的个人生活。拖了十年终于离掉的婚。前妻和儿子在国内。

出国念博士前老冯已经结了婚，孩子刚出生不久。两口子都在大学里教书。他到芝加哥的第二年，想让老婆和孩子过来，老婆不干。读书时老婆比他更学霸，完全不理解博士为什么非得到美国去念。让他念完了赶紧回来。老冯当时也是这么想的，快毕业时，同学们找工作他也跟着凑热闹，竟然找到了，一个挺不错的大学。系主任也是搞康德的，懂行，希望自己退休后，该系依然能够保持住康德研究的高地，便力邀他加盟。“条件真是不错，”老冯说，“更主要的是，满足了我的虚荣心。那时候年轻，搞不清虚荣心的厉害，就从了。”他跟老婆说，积累两年就回去，就当做博士后了。两年过去，老婆准时催，老冯说，办手续呢。一办又是两年。老婆说，再不回就离，想清楚了再回话。失眠了三个晚上，请教了所有能给出中肯意见的师友，他回老婆：

“离。”

这是师友们的缓兵之计。他们坚信这婚离不了，老冯在这边已经打下了一片江山，本领域内也算是号人物，娘儿俩来了吃现成的，跟着享福的事不干，不合逻辑。让他们失望了，老婆回：

“好，那回来离吧。”

老冯又失眠了。师友再献策，爱情诚可贵，自由价更高，若为学术故，婚姻算个鸟。谁怕谁，那就离。回国离婚，老冯在飞机上回想一下意志坚定的几位师友，突然发现，他们要么已经离异，要么坚决独身，都是一人吃饱全家不饿的主儿。老冯出了一脑门子的汗。在这一点上，他们比自己更适合做康德的门徒。康德祖师爷一辈子独身。说到底，这帮师友根本没弄明白婚姻是怎么一回事。事实也证明，他的判断完全正确。回到家，老婆对他说的第一句话是：

“我不想离了。”

老冯以为出现转机，窃喜，装模作样问：“想通了？”

“想通什么了？”

“跟我走？”

“不走。”

“不走不离？”

“不走不离。”

老冯说，当时他就一个感觉，脑袋一嗡，康德也不管用了。哲学的确不能包治百病。老婆突然就不离了，谁劝都不好使。老冯稍作推理，大致明白了，换作他，离的意义何在？休完假，他就无功返回了美国。

生活就这么过下去。老冯有机会回国，比如探亲或参加国际学术会议，照常回家。给儿子买各种时髦的玩具、学习用品和手机等物。儿子小的时候，有了礼物很开心，有个“假洋鬼子”教授爸爸也算一件体面的事，可以跟同学显摆。大一点，明白事了，别说礼物，老冯倾囊相授也换不来儿子的一个笑脸。他相信妈妈的话。能与他相依为命的只有一天到晚陪着他的妈妈。他开始瞧不上这个爸爸，恨，就算这人在美国当总统他也不稀罕。

这期间老冯提过两次离婚，一次直接被拒，休想；第二次老婆看他一眼，转身出了门。老冯从此不再提，想到老婆那锐利的一眼，后脑勺飕飕就起了小风。

儿子高三上学期，一个晚上老冯正在中央公园的书房里看康德，老婆打来电话。这些年除了老人和孩子生病，她从没给他打过电话。老冯一惊，赶紧去看墙上贴的一张纸。为防止错过国内亲人的大事，他把相关信息写下来，以便随时提醒自己。今天儿子十八岁生日，美国时间还有两个多小时才到。他接了电话，口气不由得都讨好起来：

“我记得，今天儿子生日。”

老婆冷冷地说：“儿子成人了。一分钟前，他同意我们离婚。”

“什么？”

“离婚。”老婆挂了电话。

“我就这样离了婚。”老冯那天带我在公园里散步，一路讲他的婚史，走到哪儿了我完全没概念。周围一片荒凉，草木保持了创世之初的样子。我有点紧张，眼看着黄昏从草木间升起。

“我就这样离了婚。”老冯重复了一遍，一屁股坐到荒草丛里，然后张开四肢躺下。如果不在身边，五步之外你都不会发现这里还躺着一个人。“我就这样离了婚。”

听声音不对，我在老冯身边蹲下来。他两眼大睁，滂沱的泪水已经流到了两只耳朵里。

自杀处离躺倒的地方不远。再往前走就是沼泽地。他在草木由盛转衰的时候死了。遗书上信息有限，警方本着负责任的态度，走访之外，重点调查了近期老冯手机上显示的联系人。除了我，联络频率最高的有两个，其一是中国号码，他已经念了大学的儿子小冯；另一个是苏珊，老冯教过的女学生，正念大三。通话记录上显示，苏珊接过一次电话，通话时间十二秒，剩下的六次要么没接，要么直接摁掉。

当着警方和校方的面，我拨通了小冯的电话，简单说明，我把电话给了警方。程序得由他们来走。我在室外抽了两根烟，他们通话结束。商讨的结果是，小冯和老冯前妻会马上申请签证，最快时间赶到 K 大。经冯家、警方和校方一致同意，在冯家到来之前，若需要，老冯的遗物暂由我代为整理。我说，老冯的猫我先养着，办公室里的书籍文件我来收拾，然后放到老冯中央公园的家中封存，一切等冯家人到了再说。

老冯办公室在一楼，窗外是一片修剪整齐的草坪。草坪上有三棵松树，几只松鼠在松树和草坪间跳跃。有一只还跳到老冯的窗台上，像人一样立起来，用小小的爪子谨慎地敲打玻璃。我看它，也看见了窗台靠墙一边放了一只碟子，这松鼠应该是常客。我在老冯的抽屉里找，果然有一袋开了封的杏仁。我用汉语跟松鼠打个招呼，我相信它能听懂，老冯跟它说的应该也是中文。老冯跟我说过。他说你知道一个人独居异国他乡，最大的乡愁是什么吗？我说，老干妈、红烧肉、西红柿炒鸡蛋和大葱蘸酱。他说，短期是这些，待久了是语言。如果你不过来，我每个月都要去城里唯一一家中餐馆吃一顿饭。我的手艺能甩厨师两条街，但我得去，就为了听听老板和厨师说话，听他们那温州口音浓重的普通话。听之让人落泪。我知道，老冯跟他的猫都是说中文的，这些松鼠想必也不例外。我打开窗户，抓了几粒杏仁放进碟子里。松鼠对我作了个揖，抱起一粒杏仁啃起来。边啃边叫，它在召唤同伴。

又来了两只。我再捏了几粒放进去。又来了三只。还有几只正从松树上下来，排着队奔向窗台，大尾巴像旗帜摇摇晃晃。我把杏仁沿一条线全倒到窗台上，窗台上挤满了小松鼠。

“这是老冯给大家最后的礼物了。”我对松鼠们说。它们抬起小脑袋对我齐齐地看一眼，我鼻子一酸。

松树后面闪过一个人影。想躲，无奈松树还小，她又微胖，两边的身子都露在树外。我直直地盯着那棵树，果然，她在漫长的忍耐之后以为安全了，脑袋往外一伸，撞上了我的目光。惶恐和悻悻瞬间布满她的眼神和表情，她扭身走出了草坪。

头一回见，我也知道这个棕色皮肤的女孩就是苏珊。

最近一个月，在 K 大，乃至整个小城，老冯性骚扰一个叫苏珊的大三女生的事无人不晓。

有天早上我在公寓的公共餐厅吃早点，爱尔兰剧作家坐到我对面，挤挤眼，“你那同胞，”他放下咖啡杯，做上下其手状，“对一个小姑娘。”

“谁？”

“你们的斯宾诺莎啊。”他兴奋得大胡子像松鼠尾巴一样炸开来。

我放下早餐回了自己房间。K 大校园论坛上关于此事的讨论铺天盖地。越过那些显然以目击者自居的夸张且吸睛的描述，我大概弄明白出了什么事。老冯在办公室骚扰一个女生时，被她的男朋友抓了个现行。有照为证：老冯正抱着一个女学生，两人都是侧脸。如果照片没有作假，那人的确是老冯。老冯挺投入，而那女孩一副抗拒的姿态。女生棕色皮肤。我突然想到南非作家库切的长篇小说《耻》，读过中译本，前几天去图书馆，顺手借了原版，想感受一下库切精练的英文。《耻》中的白人教授卢里和一个黑人女学生有染，被其男朋友举报至校方，卢里教授拒绝道歉和接受校方问责，愤而辞职。何其相似乃尔。

这个时候老冯应该在学校，上午有课。但我还是打了他的手机。在家。我说一早起来就心神不宁，若方便，我带两包大红袍，喝个透？

“来吧，兄弟，”老冯的经典句式，“我们聊聊。”

我把茶叶和《耻》装进双肩包，背着就过去了。

老冯居家跟上讲台的衣服只差一件皱巴巴的西装，所以我也搞不清他的状态。没事，他说，一天都在家。他把水都烧好了。

我先拿出大红袍，然后是《耻》。书刚放下，他咳了一下，说：

“都知道了？”

我没吭声。他这么一直接，我倒不知道怎么接了。

他用右手粗壮的食指和中指敲了两下书的封面，两根手指一拧劲儿，《耻》在桌面上转了一百八十度。“电影我看过，”老冯说，“跟卢里教授不是一回事。”

这正是我想知道的。老冯没茶具，我们只能因陋就简，把茶叶倒进杯子里，灌一大杯开水一直泡。我开始泡茶。

“我跟苏珊，那个女生，什么事都没有。”

我端起茶杯吹漂在热水上的几片茶叶。

“真的。你不信？”

我信。不是因为他跟我聊过，美国大学对师生这种关系要求极为严格，完全是一票否决；而是他告诉过我，这些年，不管是离婚前还是离婚后，他并非守身如玉到完全不近女色，十几年来，断断续续还是有过几个女朋友的。离婚后甚至还有过一任要谈婚论嫁的。还是那句话，哲学不能包治百病。老康德也不行。离婚前的几任女朋友不长久，可以理解，你一个有妇之夫，人家凭什么拿青春跟你耗。两情相悦的保质期一过，一别两宽，大家都开心。离婚以后，他倒是想过再经营一段婚姻，两个人把蓝图描绘得也十分之美好，及至纳入议事日程，他发现自己不行了，想躲。听到准未婚妻的声音，第一反应是想装作没听见；看到她的来电显示，最想做的是直接掐掉。搞哲学的，逻辑是吃饭家伙，一回头他就明白是怎么回事了。他怕了。不管那段婚姻罪魁祸首是谁，他确实是被伤着了。痛定思痛，他如实相告。对方也是教授，搞自然科学的，思路也清晰，一大早从他乱糟糟的床上爬起来，对镜梳妆的时候说：

“吃过早饭我就走，以后不会再来了。”

“那女生，苏珊，总让我想起我儿子。”老冯把滚烫的茶杯抱在两手之间转来转去，“那天她扑倒我怀里，我开始真是当孩子一样安慰的。后来我想推开，她还是死死地抱着。”他把茶杯放下，比画着，“都是男人，你一定明白。她的那种身体感觉，温热的、暧昧的气息，我好歹收住了心神。就在那时候，她男朋友冲进办公室，一顿猛拍。兄弟，我真没有任何不当之举，苍天可鉴。”

“康德可以做证。”

“老康德可以做证。”

苏珊敲响办公室门时，老冯正习惯性地翻着康德的《判断力批判》。她进了门，顺手把门关上。老冯让她把门打开。和异性学生在办公室里交谈，最安全的方式就是把门窗打开。苏珊说，只跟教授说几句话，说完就走，人已经到了他的办公桌前。

这不是苏珊第一次来办公室。课堂上她若有疑问，课后有时会到讲台前请教，讲台前人多，或者依然想不明白，她就会追到老冯办公室。勤奋的学生老师都喜欢。谈哲学时偶尔也会透露出生活信息，老冯慢慢知道苏珊有个不幸的家庭，母亲来自东南亚，父亲是美国白人。但这个高大威武的父亲，在她小学即将毕业时出车祸死了，生活的艰辛让她妈养成了酗酒的毛病，再嫁后也没改掉。幸福的家庭各有各的幸福，不幸的家庭却是同样的不幸。很显然，自甘沉沦的母亲很难给她找一个靠谱的继父。冷眼、虐待、骚扰，能想象出来的一个继父对逐渐亭亭长成的继女的一切不堪举动，苏珊都经历过。她说她正是因此长胖的，排解恐惧的最好方式就是暴饮暴食。她非常怀念小时候一家三口的天伦之乐。老冯让她想起过世的父亲，这是她选冯教授课的直接原因，其次才是哲学。

必须承认，这身世很感人，我是老冯也会对她另眼相看。但是，我跟老冯一样想不通，她怎么就配合男朋友一起把他给告了呢？那天她跟老冯说，母亲最近不对劲儿，她怀疑患了绝症，如果真走了，她落在继父手里，更不会有好日子过了。现在心里乱得很，哲学也没法把她理顺。老冯给她递擦眼泪的纸巾，苏珊顺势扑入他怀中。

老冯多少年没抱过孩子了，自儿子明白父母的关系，就拒绝与他身体接触，老冯那一刻想起了儿子。但男女毕竟有别，他要推开，她抱得更紧。好吧，借个怀抱让你再哭一会儿。很快他感觉不对了，那姑娘在怀里的某些举动充满了挑逗。他的身体报了警。一番高速复杂的内心活动之后，很快稳住了心神，这一次他必须推开她了。正推开时，办公室门咣地被踹开，一个白人男生举着相机咔嚓咔嚓切菜一样痛快地拍。苏珊作惊慌状，向男朋友哭诉：

"是他强行非礼我！"

男朋友也跟着喊叫："你这人渣！有你好看的！"

老冯要辩解，苏珊已经整理好衣衫和云鬓，跟男朋友出了门。第二天，校方通知老冯，他被举报了。老冯开始真没当回事，身正不怕影子斜，他如实向校方回忆了当时的现场，请校方再作核实。校方又找来苏珊和她的男朋友，两人的描述跟老冯的依然不是一回事。苏珊说，教授胡说。即使我爸我妈离婚了，我也不会因此咒我爸被车撞死的。我妈身体没任何毛病，癌症见着她都得绕道走，我更不可能恶毒到这么咒自己的亲妈吧？再说，我也没无聊到跟一个能当爹的授课老师拉这些家常。说的句句在理。校方派出专人调查，她的亲生父亲确实活得好好的；母亲身体壮实，一顿能吃下半只火鸡；接待他们的是继父，穿一身挺括的西装，怎么看都像个正人君子。这时候老冯才觉得问题严重了，此中大有玄机。

“你没和她直接对质？”我问。

“跟学校提了，学校也努力协调，但她拒绝见面，说有心理阴影。学校也不能强迫。这受法律保护。”

“电话呢？”

“接过一次，斩钉截铁，说我罪有应得。此后就联系不上了。”

“家长那边的工作可以做一下啊。”

“我找过她的母亲。她相信她的女儿。我能理解，要是我儿子出了这种事，我也宁愿相信自家人。”

那还有法律啊。老冯想过，也跟校方提出，不行就让法律介入。校方似乎不希望把它变成社会事件，闹大了，黄泥掉裤裆里，不是屎也是了。老冯私下里也咨询过律师。律师认为，就现有的证据，只要苏珊和她的男朋友坚持证词，扭转局面的可能性极小。要么鱼死网破，冒险试一试；当然，找不到新证据，也于事无补。

“怎么个鱼死网破法？”我问。

“我犹豫了很久，还是给否了。下不去手。我这条老鱼，死就死了，她个女孩，还年轻。只比我儿子大两岁啊，路长着呢。真下不了手。我是真想不明白，他们想干什么呢？再等等吧。”

老冯最后等到了死。等到死也没弄明白。但有图有证人，就等于有了真相，这在高校是天大的事。老冯自证无效，那只能是跳进密西西比河也洗不清。在 K 大，相信他的人，也只能抱以同情，这种事，谁都爱莫能助。老冯的课被迫暂停，听候校董会处理意见。

结果出来前几天，也就是我去波特兰之前，我几乎一天到晚陪着老冯。喝酒，吃红烧肉和酱牛舌，然后喝浓茶。喝茶解腻，解了腻继续吃。此后整整一年，我看见红烧肉就反胃。我们不聊哲学，也不聊文学，除非有新进展，也不聊那件事，事实上的确毫无进展。如果不出意外，结果大家都清楚。丢掉本校教职只是其一，背负这一污点，全美可能没有任何一所大学会再聘用他。我们兜着圈子聊，天南海北，上天入地，每个话题聊到山穷水尽了，老冯都会及时地端起酒杯，说：

“兄弟，再走一个。”

遗体停放在殡仪馆，等老冯前妻和小冯来见最后一面。我把老冯办公室的材料归置到他的书房里，就上锁封了门，抱着他的大白猫回了公寓。出门旅行的欲望一下子就没了，写不了小说，书也看不了几页。遛猫之余，我决定学做冯氏红烧肉和酱牛舌。老冯说，儿子大了虽然恨他，礼物能拒的全拒，红烧肉和酱牛舌还是吃的。他说兄弟你能想象吗，我跟儿子之间唯一的联系就是这两个菜。

我去超市买了一推车的五花肉和牛舌头，每天分别做一锅。我吃不下，给猫留几块，其他的送给爱尔兰剧作家和肯尼亚的女诗人。他们不在，我就送到城市边缘的流浪汉收容站。他们说好吃，只是因为没尝过老冯的手艺。想想也挺有意思，一个研究康德的哲学家，一米八八的彪形大汉，穿着仅能遮到肚脐眼的小围裙，端着一盘热气腾腾的红烧肉从厨房走出来，迈着小碎步说："冯氏红烧肉来也。"

九天后小冯和他妈妈来到 K 大。各种安排、手续加转机，对他们来说已经是最快速度了。老冯前妻，谷老师，旅途劳顿足以让她神情悲伤；小冯个头随父亲，细高挑儿，像根竹竿，一米九，额头和腮帮子上几颗粉刺也冷着脸。我陪他们去 K 大，陪他们去殡仪馆，陪他们去中央公园旁边老冯的房子里。只是个陪同，小冯英语比我好，尽管声音不带任何感情色彩，但沟通效率很高。谷老师不大说话，完全是一个标准的中年守孝寡妇，低眉垂首，一身黑衣，但她隐忍硬净的表情下分明埋伏着巨大的力量。她要么不吭声，吭了声绝对不是可有可无的咳嗽。他们没提任何要求，尽管校方的领导暗示，有要求他们会尽力满足。他们的确深怀愧意。但小冯转达母亲的意思：一切按学校的常规办。

所有流程走完，老冯待在一个褐色的骨灰盒里。他们要把他带回浙江老家。老冯的房子和车他们这次没时间处理，暂且留着，所以在他们离开 K 大之前，我还是提醒了谷老师，如果这样，可以向校方申请，小冯以后来这里读书。K 大在美国是一所靠前的大学。谷老师示意听小冯的，小冯摇摇头。

离开美国的前一天晚上，我请他们母子吃了顿饭。做了冯氏红烧肉和酱牛舌。终于看见娘儿俩掉了眼泪。谷老师的哭悄无声息，只是不停地流眼泪，就像电影中的一场痛哭被关掉了声音。积压了二十年的眼泪这个晚上全流出来了，她一个人用了两包纸巾。抽纸时也悄无声息。小冯没绷住，闻到红烧肉和酱牛舌的香味就开始流泪，然后小声哭，两分钟后改号啕大哭。脸上的粉刺暖和起来，鲜红欲滴。他把红烧肉和酱牛舌大块大块往嘴里塞，噎得脖子越伸越长。哭累了，他从兜里掏出一部苹果手机，哽咽着对我说：

"叔叔，这是我爸送我的，刚用了不到一个月。我就是用这个，断了他的念想。"

老冯被举报的事他不知道，知道了他也会照揨不误。手机响起来时他正在宿舍里，父亲对他说：

"儿子，你真不能原谅爸爸吗？"

他一下子没反应过来。虽然他从来都认为老冯对不起他们娘儿俩，但猛地被这么一问，他还是觉得没头没脑。

老冯又问了一遍："儿子，真不能原谅吗？"

他突然就火了。"不能。"顺手挂掉了电话。

刚挂掉老冯又打过来。他没接，对着天花板骂了一句神经病。电话自然断掉。老冯又拨过来。他想吃错药了吧，早他妈干什么去了。干脆静了音，把手机扔到一边。后来再拿起手机，五个未接电话，都是父亲打来的。他隐隐感到了一点儿快意：你也有今天。

"如果我说能，叔叔，"小冯碰了一下我的手，"爸爸是不是就不会死？"

也许。尽管我能理解小冯对父亲的恨，不管什么事，拒绝仇人总是快意的，但我更相信老冯对儿子的爱。我们的闲谈中，老冯经常聊到他的学生，那个款款深情经常让我受不了，我一犯腻，他就说，有孩子你就知道了。我也不敢说，小冯就是压垮他的最后一根稻草，但肯定是起爆死亡的引信之一。通透之人绝不会轻言死亡，一旦决意赴死，却又会超常地决绝。因为此刻，他所看重的一切意义都无所附丽，生命赤条条地只剩下了一个空皮囊。小冯挂掉的电话，等于拉下了老冯人生的幕布，爱情的匮乏，亲情的缺位，异国他乡的孤寂，母语的乡愁，留不下又回不去的茫然前路，岂不就是眼前空荡荡至于虚无和虚妄的舞台？他是否在想，该谢幕了？

小冯挂掉电话的时候，按法医的鉴定，那会儿老冯应该还没到中央公园。

待满半年我如期离开 K 大。三年后我去纽约，拐个弯顺便又去了趟 K 大。写作中心成立二十周年庆，中心给每一位驻过校的作家都发了邀请，有空就回来看看。正好也可以看看老冯那只白猫，回国时我托付给了中心主任，他是一名久经考验的优秀铲屎官。庆典结束，突然想起老冯在中央公园边上的房子，头顶一轮圆月，就信步走了过去。小冯母子俩离开 K 大时，约了回国后再聚，但各忙一摊事，回来了不仅没聚，音讯也断了。断一天就会断一个月，断一个月就会断一年，便再不联系了，不知道电话接通了该说些啥。

老冯留在美国的房子和车如何处置，也就不得而知了。

远远看见老冯的窗户里亮着灯。已经是别人的房子了。我围着楼下的草坪转了三圈，还是决定上去看看，问候一下新主人也好。开门的竟然是小冯。他也没想到站在门外的是我。我们相互表示了惊喜。

小冯研究生考进了 K 大，靠的自己。我怀疑他来接老冯回家那次就有了这打算。果然，他说除此以外，他不知道该以什么方式原谅父亲。一个人待在美国，他的生活必须自理，偶尔会做一次红烧肉和酱牛舌。冰箱里正好还有，他端出来用微波炉加热，请我指教。分别尝一块，真像那么回事，有老冯的感觉。

回酒店也没事，索性跟他聊了一会儿。父亲的书都存着，他学的是生物科学，闲暇时翻翻哲学也挺好，读过的三本他觉得收获很大。他常常会想象父亲读这些书的样子。

“K 大知道你爸是谁吗？”

“应该不知道吧。”小冯说，“我没说过，也没听别人说过。”

我想跟他说，他爸是个好人，但又觉得这是句废话，便问了另一句废话：“在这边生活还习惯吧？”

“挺好，我爸都能在这里一待就是十二年。”他说，“叔叔，我见到了那个苏珊。”

“说。”

小冯进校两个月就开始查苏珊的资料。在哲学系打听到，她在老冯自杀后去了隔壁州的一所大学，他按图索骥，从那所大学找到毕业时的联系电话，竟然打通了。她在内布拉斯加州一所中学当老师。小冯提出要见她时，她在电话里直接拒绝了。挂掉电话就不再接。第二天一早，小冯从大学附近的旅馆准备去车站时，决定再打一次，还不接他就先打道回府。没成想，电话刚响两声她就接了。她说：

“你来吧。”

他在内布拉斯加林肯市找到她。他没见过苏珊，他说她现在是个瘦姑娘。他们在中学附近一个餐馆见的面，她坚持请小冯吃了一顿牛排。见面的时间就是一顿饭工夫。小冯想好的问题一个都没问，他想知道的苏珊都直接告诉了他。毫无保留。

“她怎么说？”

“我爸和她没有任何关系。”小冯说，“我是说，从来就没有骚扰过她。只是一个局。她和她男朋友设的一个套。当然，出事后他们也分手了。”

“害你爸他们图个啥？”

“她的确挺崇拜我爸。但听说我爸为了留在美国不惜抛妻弃子，崇拜全数转成了恨。她恨所有的负心男人，就是咱们中国戏曲里的那种陈世美吧。她爸，亲生父亲，就是一个陈世美，在她念小学时，把家里的细软席卷一空，带着邻居的女人跑了，再没回来。我爸从背影看，跟她爸有点像。总之，她决意不让我爸有好日子过。人就这么奇怪。就像我当年。但结局还是把她给吓着了。这几年她都忐忑不安。她把双手伸到我面前，好像上面沾着我爸爸的血。"

我想起松树后面一闪而过的那个胖姑娘。"然后呢？"

"吃过饭，她站起来，说，这几年我焦虑得不行，一直在等，又害怕有陌生人来敲门。纠结和恐惧比减肥药管用。你终于来了。"

我看看小冯。每个儿子脸上都有着父亲的表情，我在他的眉眼之间看见了老冯。"你怎么说的？"

"我道个别，就背着包回来了。"

我像长辈那样拍拍小冯的肩膀，想起那只白猫。"要不要帮你把那只猫要回来？"

"不必了。我去看它就行。"

2022 年 6 月 5 日，远大园

手稿、猴子，或行李箱奇谭

飞机上睡了一路，我有精神跟他们耗。他们那种吊儿郎当的敷衍态度，让我觉得还有戏，所以见着工作人员，不管是谁，我都要申诉一番，让他们想办法找到我的行李箱。已经来了两拨工作人员。五月夜晚的新德里机场温度宜人，我和恰马尔先生坐在各自的行李箱上，一边聊天一边等他们的寻找结果。

恰马尔是个印度作家，我们在刚结束的加尔各答的一个文学活动上认识。他去过两次北京，见到个北京来的，就生出他乡遇故知之感，逮着空就跟我聊。恰马尔住德里，我想在回国之前看看泰姬陵，泰姬陵离德里不远，我们俩就订了同一趟航班。办理值机时，我原想只托运超标的大行李箱，登机箱随身带，恰马尔说，费那事干吗，一块儿托了。他以地主的豪迈把我的小行李箱也拎到传送带上。下飞机取行李，他的行李箱、我的大行李箱都到了，我的小登机箱不见了。恰马尔原本可以取了行李就回家，因为我的登机箱没了，他不好意思一走了之，对我丢失的箱子他认为自己负有责任。我们一遍遍嘱咐工作人员帮忙找。恰马尔宽慰我，在印度，没有哪一只行李箱在风尘仆仆的旅行中从没有被弄丢过。他说的就是机场。

我们已经在行李转盘前坐了一个半钟头，眼见着转盘转了又停、停了又转，乘客们一拨拨来，取了行李又一拨拨走，第四轮了，我的登机箱仍然没有出现在空荡荡的传送带上。从转盘那头走过来两个穿制服的工作人员。之前的工作人员显然已经被我搞烦了，去找了两趟之后，再也不回来了。这两个可能是新当班的，恰马尔示意我继续跟他们理论。

“听说了，”两人中胖一点那个是头目，微笑时油汪汪的腮帮子上还有两个酒窝，他用动感十足的弹舌英语回答我。“他们跟我汇报过。真对不起，我们把机场往下挖了半米，还是没找到。”他看了一下手表，马上零点，“您先回去，找到了我们及时通知您。”

我摇摇头，不行。必须今晚就找到。

“全是细软？”他又露出职业的微笑，两个油汪汪的酒窝更深了。

“比细软还值钱。”

真的，比细软还值钱。我后悔没有将小行李箱随身携带。在加尔各答临时买的登机箱，淘到两件印度木雕，太占地方，一个行李箱装不下；此外，就是想把小说手稿随身带，搁手边更放心。那段时间正写长篇小说《王城如海》，用八开的大稿纸。我习惯手写，出门带着也方便，一卷纸，铺到桌上就可以开工，不必像电脑那样，开机关机都有强烈的仪式感。想到那烦琐的程序，我就没了写作的欲望。以我的写作习惯，这个手稿一旦丢掉，我肯定不会重写。重写对我来说像背书一样不可忍受。所以，只要不打算扔掉，要确保每页稿子都不能少。丢了，那就找回来。

“今晚就得找回来，”以恰马尔的经验，“今晚找不到，以后更别想了。”我们查过，系统显示，我的登机箱已经跟着这架航班来到了新德里。我的这位印度朋友说，他也一直没弄明白，为什么行李一旦丢了，就永远丢了。

“我们只能承诺您继续找，”胖酒窝说，两手一摊，“别的我也没办法了。”

跟他着急是没有意义的。我拍拍取到的大行李箱，“我就坐在这里，直到箱子找到。”

胖酒窝又对我油汪汪地一笑，“好吧，您是作家。我们继续找。”带着瘦下属走了。

我突然醒悟过来，问恰马尔：“是不是需要这个？”我对他捻动右手的拇指和食指。

通货就是通货，这动作全世界都懂。恰马尔难为情地说：“有，当然好啊。”

好，我们坐下来继续聊天。如果他们回来时还是两手空空，我得让他们攥点东西回去，继续找。我和恰马尔聊北京，聊中国和印度，也聊文学。还聊到《王城如海》，故事发生在北京。我没有告诉恰马尔，《王城如海》的写作遇到了障碍，这也是我出国也将手稿带在身边的原因。我期待这个神奇的国度能给我灵感，及时地把断掉的情节续上。

二十分钟后，新德里过了零点。胖酒窝没回来，回来的是他的瘦下属，有五十多岁？肤色变了，年龄就很难判断。深棕色的瘦下属对我摆摆手，还是没找到。恰马尔给我使了个眼色，我走到瘦下属跟前，向他伸出手。突如其来的握手，他显然没料到，他本能地把右手后撤一下，然后重新犹豫地伸过来。我们在手心里完成了交接。两只手松开后，他又把手递过来。我没明白，分量不够？他半握的拳头固执地杵在我手边，还对我眨了眨他的毛毛眼。这个印度老男人的睫毛是真长。他的眨眼似乎有某种真诚的力量，我握住了他的手。纸币又回到我手心里。

“我再去找，”他用口音极重的英语说，“您能跟我儿子谈谈，你们的文学吗？”他做出一个写字的动作，“他马上就来。”

“当然。”

瘦下属去行李房的路上掏出手机开始打。五分钟后，过来一个三十岁左右的小伙子。也可能不到三十，比他爸的肤色浅一点，但依然不足以恢复我的判断力。父子俩穿着同样的工作服。他的英语没他爸的口音重，跟恰马尔的发音比较接近。

他来谈文学，但话不多，席地坐在我和恰马尔对面，开口更多是提问，像个记者。对提问他似乎相当娴熟，每一个问题都问得干净利索，提前备了课一样。问我，也问恰马尔。主要是我，虽然我告诉他，他的同胞恰马尔也是作家，但丢箱子的是我。他问我的问题计有：

印度之行的目的；平常写小说、诗歌、散文还是戏剧；登机箱里的那部长篇小说写的是啥；为什么这个电脑时代还要手写；丢失的箱子里还有什么；这个登机箱的来历，即在哪里买的，为什么要买，从加尔各答到现在，这箱子还有哪些值得一说的故事；如果今天晚上找不到，我会作何感想；关于我屁股底下坐着的大行李箱，也问了几句。

最后他说："这箱子一看就是个好东西。"

就在我认为他只是在做失物招领处的常规调查时，我们聊起了文学。他在写作，"您知道，我的工作就是把一个个托运的行李箱和货物从这里拎到那里，"他出示他手掌关节处磨出的一个个老茧，"再从那里拎到这里，一天到晚。我见过世界上几乎所有品牌的行李箱，但我喜欢写作。写小说、散文，诗也写。像先生您一样。像恰马尔先生一样。您在写作中总能一帆风顺吗？”

当然不能。我告诉他，大部分时间我写得都磕磕绊绊、跌跌爬爬，比如丢失的《王城如海》中，有个坎儿半个月了也没爬过去。小说里写到雾霾和环境污染，除了肉眼所见和 PM2.5 的科学测量，我找不到一种更为独特和形象的表达方式。

“手稿带在身边，没想过会丢？”他问。

“没有人会为了丢一件东西才把它带在身边。”我说，“我得没事就盯着它看，以便及时地找到爬坡过坎的方法。有人跟我说，印度到处都是灵感。”

“您还没找到？”

“目前没有。”

“也可能已经找到，只是您没有意识到。”

这么说也不是没有道理，印度是个神奇的国度。

“假如找到了，你会继续带着它在印度旅行吗？您说您还想去参观泰姬陵。”

“当然，”我拍拍放在脚边的双肩包，这才是名副其实的随身，“我会把它装进这个包里，晚上睡觉也抱在怀中。”

谈话到此差不多可以结束了，他从裤兜里掏出一个简陋的手机，一通按键。然后我就看见他的瘦父亲眨着毛毛眼从行李大厅的拐角处走过来，推着我的万向轮登机箱。谢天谢地！我从箱子上跳下来。毛毛眼说，我的箱子还是在行李房里找到的。一定是我箱子的万向轮太好使，工作人员轻轻一推就跑远了，混进了另外一趟航班的行李堆。能找到，是因为那趟航班的所有行李要么继续托运开始下一个旅程，要么都被放到传送带上被乘客们取走了。我的箱子和另一只箱子孤零零地被推到了遥远的墙角。那只箱子更可怜，托运的票号莫名其妙地消失了，主人是谁都不知道。

“您知道吗，”毛毛眼说，“在我走到墙角之前，至少检查了三百只箱子。”

我向他伸出手，他果断地把右手送过来。握住的那一瞬间，他在我的手心里抓一下。没找着，他迅速松开我的手，嘴角的微笑摊平了。

跟我一样激动的是恰马尔，凌晨一点，他终于可以心无挂碍地回家了。他的新婚妻子已经给他打过两个电话。

“泰姬陵非常伟大，”小伙子也从地上站起来，他的握手远比他父亲的持久有力。“不过您也可以关注一下沿途的神牛和猴子。”

小伙子提醒得很好。我把大小行李箱都寄存在酒店，背着双肩包出门去看泰姬陵。包足够大，我把小说手稿带上了，然后是洗漱用品、两件换洗衣服，还有空装了两本书，其中之一是奈保尔的《幽暗国度：记忆与现实交错的印度之旅》。泰姬陵在阿格拉，在德里以南两百公里外的朱木拿河南岸。因为要看沿途的神牛和猴子，我选了长途汽车。晃晃悠悠四个多小时才到。

在印度，坐汽车比火车和飞机看得更清楚。沿途要带客，汽车总往人多的地方钻，从城镇到乡村，两百多公里中的人间烟火我差不多看了一半。在印度牛享有神圣的地位，谓之神牛，不干活儿，可以自由地在大街上走来走去。这我知道，文字和影像资料以及各种传闻里比比皆是，但坐在尘土飞扬的长途汽车里亲眼见到，还是挺震撼。它们既是神，又是仙。是神，因为印度人供着它们，提供吃喝是义务；是仙，因为它们自在放旷，旁若无人，行当所欲行，止当所欲止。看心情，想歇着了，大马路中间扑通就躺下了，人和车都得绕着它走。拉屎撒尿也一派天然，在哪儿就哪儿，绝不委屈自己半步。

汽车穿过某镇子的一条街巷，前头正好有头雄伟的犍牛横在巷子里，尺寸正合适，把磕磕巴巴的水泥路面占了个完整。来往的行人过巷子，不愿从路两边的泥水里蹚过，都弯腰驼背，手脚并用地从牛肚子底下钻来钻去。他们对这种过路方式毫不为意，犍牛岿然不动，高人一般淡定，显然也习惯了自己的威严。我们的司机示意停车，等犍牛离开。路边有小店，可酌情采购，其他个人事宜，自行解决。我下车买了一瓶水。内急的乘客去了路边，背对我们就解开了裤子。该干的事都干了，犍牛还卡在巷子中间，同车的乘客有急性子的，不去赶牛，只催司机。大胡子的司机连抽两根烟，牛还在，只好上了车，一连串地摁喇叭。那牛傲慢地看看我们的车，完全是瞧不上地晃晃大脑袋，踱着方步让开了道。

路上见到猴子的频率没有牛高，但数量绝对有压倒性优势，一只猴子出现了，意味着接下来会有一群猴子现身。它们不在路面上出没，而是攀在树上、墙头和屋檐上。大小各异，成群结队，搞不清同伙和门派。它们兀自在高处喧嚣追逐，丝毫不惧人间的清规戒律。它们也吃白家饭。有人从车内把面包和饼抛给它们，眼看着掉落在地上，猴子们的胳膊好像突然变长，魔术般地就给捞上来了。我喜欢小猴子，最小的只有两三个拳头大，走在墙头和屋檐上还有颤巍巍的胆怯，嫩黄的毛色在太阳下闪着温暖的光。成年猴子大多通体柴灰，长毛被泥水和食物黏成绺、团成坨，整个一副流浪汉的邋遢模样。

从德里和泰姬陵来回的路上，唯一一次看见猴子下地，是在一个叫不上名字的小城。汽车穿过城市的中心大道，在路边一栋建筑的废墟前，一个本地男人正对着墙根撒尿，松松垮垮的裤子吊在屁股后头。不知道从哪里突然钻出一只小猴子，一跃而起，抱住了男人的裤子，然后，它和那条肥大的裤子一起滑落到男人的脚后跟处。很多人看见了那男人的光屁股和两条长满黑毛的大腿。

泰姬陵之壮观和漂亮，无须我赘言，关于泰姬陵的故事也很动人，想必很多朋友也知道，我也不必啰唆。我在阿格拉待了两天，然后回到德里。单从旅行观光的角度，我也觉得这时间花得值。我应该看到了一部分真实的印度。回到国内重新开始《王城如海》的写作，我发现更值了。

在印度，小说毫无进展。原封不动带回北京，依然寸步难行，设想出的几种方式最终都过不了我自己这一关。正打算暂时放弃，收到恰马尔一封邮件，此时距我回国已经二十三天了。他说徐先生，您还记得新德里机场那个跟咱们聊文学的小伙子吗？他很可能是一个潜伏在机场的小说家。他甚至是一个只写“行李箱的故事”的主题小说家。如果我没猜错，他写到了您，当然也可以说，他虚构了您。

恰马尔用英文写成的信挺长，嘘寒问暖的部分暂且略过，只说那个潜伏的小说家。

两天前，恰马尔陪老婆逛商场。老婆试衣服，他在商场的椅子上坐下，顺手捡起旁边座位上的一张报纸。当天的晚报，有个创作园地，相当于咱们中国报纸的副刊，看到一个专栏的题目：行李箱的故事。这天报纸上刊载的是专栏的“之十七”。这第十七个故事讲的是一个突尼斯商人，托运的行李箱丢了。不是丢在新德里机场，而是在迪拜机场分拣错了，被送到了孟买。从孟买转到德里，他在机场接收时，打开箱子发现多了一万八千美元。若只是天上掉下美元，突尼斯人就闷声笑纳了，问题是包钱的纸上写着一行字：此钱有主，慎毋私吞，否则灭全家！底下附了个号码。突尼斯商人再爱钱，也不敢拿一家人性命去冒险。此刻，他太太正带着六岁的双胞胎女儿等在酒店，待他取回行李箱后一起出门观光。他跟行李处说明了情况并报了警。

专栏作者作为工作人员之一，参与了处理过程。在文章中，他有节制地介绍突尼斯人的身份、印度之行的打算，以及行李箱里的内容，重点提到一尊写意的甘地半身雕像。这种风格的甘地雕像作者从没见过，他在文中坦诚地表示了一个印度人的惭愧。为此他请教了突尼斯人，这位外国友人告诉他，他是甘地的粉丝，这尊雕像是两年前从阿尔及利亚一位雕塑艺术家那里高价请来的。价格昂贵，因为是限量版。甘地活了七十八岁，该艺术家就做了七十八尊，然后把模子毁了。他的这尊编号三十七。接下来，作者写到美元和包装纸的调查结果。根据威胁电话打回去，顺藤摸瓜抓到了孟买机场的一名工作人员。此人例行开箱检查行李时，在某行李箱里发现了这沓包裹的现金，财迷了心窍，把钱顺自己兜里了。要在往常，他把肚子挺一挺，腰间和鞋子里分别藏一点，没准就混出去了，但那天碰上领导突击检查，揣怀里容易露馅，分开藏时间又不允许，只好慌忙写句话，就近塞到旁边一只箱子里。他果然没机会再打开那个箱子，但他依然心存侥幸，甚至为自己的机智得意，万一箱子的主人真被“灭全家”吓着了，拨了电话，他就赚大发了。作者写道：

“此人的确等到了电话，不过是警察打来的。”

花了漫长的篇幅讲完这个故事后，恰马尔说：“徐先生，其实我想告诉您的是下面这个故事。”

看过突尼斯商人的故事，恰马尔先生对这个专栏有了兴趣。他在网上搜到这个专栏。上一次，也就是第十六个“行李箱的故事”，题为《丢失的手稿、突如其来的猴子，或行李箱奇谭》。恰马尔觉得文中的中国作家很可能是我，便把文章从印地语翻译成英语，发给了我。

有个从加尔各答来的中国作家，在新德里机场落地，发现托运的一个行李箱不见了。他声称箱子里放了一部长篇小说手稿，丢了等于要他的命，所以务必帮他找到。该作家坚决不离开取行李的转盘，从晚上十点一直耗到凌晨一点，四拨工作人员帮他掘地三尺地找。当然找到了。问题在于，箱子找到后，箱体上没有任何托运标识，工作人员监督他开箱验物时，手稿没找到，从箱子里爬出来一只气息奄奄的猴子。那猴子有多小呢，请各位发挥一下想象力。没错，拳头，没有正常人的一个拳头大。作为一个见过不下两万只猴子的印度人，我负责任地说，这么小的猴子我在印度从没见过。我查了资料，世界上最小的猴子叫侏儒猴，主要生活在巴西西部、哥伦比亚南部、厄瓜多尔东部和秘鲁东部的雨林里，体长约十四到十六厘米。那猴子比侏儒猴大一点。我也听说，中国古代的文人喜欢养一种宠物，叫墨猴，平常塞在袖子里，或者放进笔筒里，写毛笔字的时候，它就跳出来给主人磨墨。不知道这种墨猴跟行李箱爬出来的猴子比，谁大谁小。

那只拳头小猴晕晕乎乎爬出箱子，先是揉鼻子，打完一个尖细的喷嚏才睁开眼。它缓慢地转动脑袋和小眼睛，又揉起鼻子，再打了两个喷嚏。这小东西肯定是对某工作人员身上的气味有了反应——那家伙每天都要往胳肢窝里喷三次香水，靠近了我也晕。

私自在托运行李中夹带活体动物算违法行为。那位中国作家辩解，他根本没有托运过什么活体动物，见到这只猴子他跟我们一样震惊。事实上，他跟我一样，从没见过这么小的猴子，在加尔各答参加文学活动的几天里，一只猴子他都没见到过。他甚至对于猴子如何神奇地钻进他的行李箱完全没兴趣，他关心的是，已经写好的那部分长篇小说手稿去了哪里。他说，以他糟糕的写作经验和习惯，丢失的稿子他不会再重写，也就是说，现有的大约小说篇幅三分之一的手稿如果真的丢失，等于这部小说也就废了。所以，本该活蹦乱跳的猴子此刻病病歪歪，没能缓过劲儿来，而困得眼皮打架的作家先生却急得火烧火燎，差不多要上蹿下跳了。

我们领导，行李管理中心的头儿，嘱咐我好好安抚这位焦躁的中国作家，他和我的同事这就跟加尔各答机场方面联系，一定要搞清楚中间出了什么岔子。接下来的聊天中，我听说中国有一出古老的戏剧，叫《狸猫换太子》，但我认为，手稿变猴子这事儿，比狸猫换太子更神奇。

中国作家喋喋不休地跟我说他的小说，谈起小说时他甚至都不看我，更像是自言自语。他的心思一直在手稿上。这我能理解。写作是创造，辛辛苦苦创造出来的东西不翼而飞，搁我可能比他还着急。他说这部长篇的写作遇到了困境，一个先锋戏剧导演找不到合适的方法，让英国来的教授形象地、超现实地感受北京的气味。我说这事好办啊，就地取材。

“就地取啥材？”他问我。

“猴子啊。”我提醒他，“那活猴爬出箱子先打喷嚏后睁眼，说明什么？对气味敏感。您把这只猴子带回去。”

“往哪儿带？非法托运活体动物我已经说不明白了，还往回带？”

“不是带回中国。是带进您的小说里。”

“一只印度产的猴子，没拳头大，被小说人物带到了中国？”

“完全可能。这只不合适，再换一只，反正咱们印度猴子够用。您不是想去看泰姬陵吗，去阿格拉一路上的村村镇镇，有一棵树，就有一只猴子。”

我们探讨了半天猴子引入小说的可能性，中国作家未置可否。他的心思在别处。如他所说，写就的手稿没了，后面再精彩的故事也等于零。这人的写作习惯真是古怪，为什么就不能重写呢？

同事呼叫，让我带中国作家去行李管理中心。加尔各答方回复，调看了办理值机的现场录像，是一个印度青年男子帮徐先生把登机箱拎上的托运传送带，画面上没看出任何猫腻。安检人员经验丰富，工作十一年从未出过娄子，他郑重声明，过检时没发现任何异常，别说一只猴子，就是一只跳蚤也别想混上飞机。接下来箱子去到了分拣中心。现场录像显示，满屋子的行李箱除了被扔来扔去，没人动过。打开某个箱子取出一堆稿纸，再装进一只猴子，此事绝无可能。我们头儿也说，倘若箱子里头真装了一只猴子，被咱们搬运行李的大力士这么个扔法，有九条命也摔没了。

中国作家也一再声称他也莫名其妙，他对猴子不感冒，《西游记》里孙悟空的花果山就在他老家，快四十年了他从没去过。他不关心猴子，他关心的，是如何找回他的小说稿。

天地良心，我们机场也把各个环节的录像调出来查看，同样没见到哪个环节出差错。除了搬运行李时下手重了点。

最后警察站出来了，他问中国作家：

“您在印度很有名吗？”

“没有名。”

“那就是了。一个无名的外国作家，放在行李箱里写了半截的稿子，您告诉我，谁会感兴趣？”

“应该没有人。”

“这不就是了？我再问您个问题，这只打喷嚏的印度猴子珍贵不？”

“这体形，应该比较罕见。”

“您在印度无人知晓，您在印度也没有亲朋好友，存在别人送礼和行贿的可能吗？”

“应该不存在。”

“您看，您什么都懂。我再问您个问题，务请您照实回答：您真是个作家吗？”

“什么意思？”

“不好意思，我不懂文学。但我知道再傻的猴子也不会无缘无故钻到一只行李箱里。如果方便，可能得请您改变一下行程，配合我们调查。我们对出现一只猴子跟您对丢失一份手稿一样感兴趣。请吧。”

亲爱的读者朋友，别问我接下来这位中国作家怎么样了，我不知道；也别问我丢失的手稿和突如其来的小猴子是怎么一回事，我跟你们一样想不通。我的确写过几篇稀奇古怪的旅行箱故事，但这种奇谭，本人也是第一次经历。

文章到此结束。

恰马尔在邮件中先说，真够扯的，跟作者的名字一样，辛格·辛格，一看就不想让别人知道真名。接着他又说，但得承认，写得挺好玩。当然他的阅读体验也挺奇怪，读第一遍觉得荒诞不经，读第二遍感到了些许意思，读过第三遍，突然问了自己一个问题：这一定就是假的吗？继而回想我们在加尔各答相识，然后一路同行到新德里机场，直到凌晨一点等来走失的登机箱，他不由得恍惚，他所见的是否只是事情的局部，或者，干脆就是假象？恰马尔是个实诚人，他承认自己到网上搜了是否有我在印度的犯罪新闻，遗憾没找到。他也承认，为了这封信，他特意喝了两罐啤酒，趁着酒劲儿才打开电脑，因为他的一个隐秘的目的是，想证实我是否已经平安回到北京。

接到恰马尔的邮件是在傍晚，饭后例行散步之前。没急着回复，看完就合上电脑出了门，散步时间比平常多了半个钟头。准备往回走时，脑袋里突然一亮，辛格·辛格这文章写得好啊，解决了长久困扰我的问题，为什么不能是一只比拳头还小的、来自印度的、超现实的猴子呢？小说中的教授完全可以把它带进北京，当然首先要先从印度把它带回到伦敦。他是如何发现这只猴子的？我想起去阿格拉的半道上，经过一座城市，一个站在路边撒尿的印度男人被一只猴子拽掉了裤子。在小说里，尿急站到路边的不是教授，而是他正值少年心性的儿子。有了！在多出来的那半个钟头里，我反复论证了这段情节的可行性。

没任何问题，我迈开大步往家跑。

我给这只猴子取名汤姆。如果你读过我的长篇小说《王城如海》，你应该会看到这一段：

“……突然，随着一声诡异的尖叫，小汤姆从教授的口袋里钻了出来。这个聪明的小东西，悄没声息地把扣子给解开了。它的尖叫里带着解放和自由的快意，饱含着奔赴新生活的激情。它跳下地，横穿舞台，横穿拥挤喧嚣的咖啡馆，奔向了下一个场景……”

2022 年 5 月 18 日，远大园

蒙 面

在麦德林逗留的时间只有一天。头天晚上从圣地亚哥飞过来，到何塞·玛利亚·科尔多瓦机场已经晚上十一点，五十分钟的车程到酒店，收拾好躺到床上已过凌晨两点。尽管如此，第二天还是起了个大早，照我的习惯，必须在这个城市徒步走一走。老宋一天的活动，分身乏术，委托诗歌节主办方找了个麦德林大学的学生做我导游。小伙子只有二十岁，玉树临风，谦和有礼，但是英语一般。我的汉语他听不懂，他的西班牙语中，除了极为日常的那几个词，其他的我也不灵，所以一路上我俩主要是大眼瞪小眼，交流也基本是鸡同鸭讲；他说的我大部分没听懂，我说的他可能也没明白。不过无妨，我也是瞎溜达，不看地图，不循旅游指南，向来走到哪算哪。他跟着我，主要起到闹钟作用。下午三点我要参加个朗诵会，主办方叮嘱他，不能让我因为迷路迟到了。

出了酒店，我们随便找了一条路就往前走，走着走着就上山了。这也是我想要的。站在酒店窗户前往四周看，层层叠叠的民居从市中心的低处往山上摞。都是砖坯外露的两三层房子，一例的红砖，偶尔有墙皮的多半被花红柳绿地涂了鸦，远看过去，就像漫山遍野覆盖了彩色的蜂巢。我想去蜂巢里看看。那条路刚上升时是水泥的，拐了几个弯，就变石头的了。平整的时候是方块石头，坎坷时，就是不规则的石头拼凑出来的，有汽车和摩托车上下山，经过这种路段能看见它们有节奏地上蹿下跳。石头被车轮、脚印和时光磨得发亮，我跟小伙子说，这也是这座城市的包浆。他不知道什么是包浆。两边房屋拥挤，道路细瘦，我们踩着石头求生般在麦德林的日常生活中盘旋而上。

最耗时间的事情莫过于赶路。走到半山腰，小伙子就指着手表提醒我，该往回走了。我指指上面，再走一段，总得找个可供俯瞰的好地方，看一眼这城市的烟火人间，也算个总结。留给我的时间不多了。下午朗诵会，晚上肯定要跟老宋和新朋友们一块儿聚聚，明天一早我就得去波哥大了。安第斯大学有位做汉学研究的教授，也是老宋的朋友，听说我要来麦德林，让老宋牵个线，邀我去安第斯大学跟他和学生们聊聊。

我们继续往上走。寻寻觅觅，房屋密集，想找个观景的高台还真不容易。小伙子已经相当着急了。

“再找找。”我对他做个等待的手势。

阿弥陀佛，拐个弯出现一个水泥平台。在一户三层楼人家旁边，那栋小楼整面山墙画着加西亚·马尔克斯肖像涂鸦，马尔克斯的胡子上停着一只黄蝴蝶。水泥平台边焊着锈迹斑斑的铁围栏，的确是个绝佳的观景台。我们走上平台。我对着缓慢降落的山坡点上一根烟，一口烟吐出去，整个麦德林都变得更辽阔了。

市中心繁华的楼群在远方，那是整个城市最舒朗的地方，被周围低矮的民房紧密地簇拥着。以那片楼群为中心，红砖裸露的民房像一堆碎砖头向四周平摊开来，哪里有空隙就摊到哪里。房屋之间的道路细如丝带，看不出任何规划，有着和南美人一样的奔放和任性。更远处是雪山。七月麦德林的半山腰干爽惬意，有个吊床或者躺椅就好了。我对小伙子示意，再来一根烟绝对走。我抽得很慢，想在漫山遍野的凌乱中看出点规律来。但真的没有。如果说有，那遵循的也是一般人参不透的某种艺术的秩序。

第二根烟没抽完，一辆落满灰尘的红色旧吉普车突然从石头路面上冲过来，一个急刹车，在三层楼门前停下来。车门打开，副驾座上的一个男人先跳下来，然后是司机，他们直奔后面的车门了。后车门打开，先迈出一条腿，一个二十来岁的小伙子，花衬衫上沾满血迹，配合司机和副驾，半拖半抬地将车里的另一个年轻人弄出来。年轻人显然伤势不轻，右腿和左边的耳朵处都是血。白T恤血迹斑斑，捂着左耳朵的应该是他的衬衫。看衬衫上的血量，左耳朵应该是没了。往房子里抬人时，司机看见了我们俩，他跟另外两人对了一下眼，不知道嘀咕了一句啥。他们停住了。一直催促我的小伙子突然慌乱起来，拉着我就跑，经过他们身边时，差点撞着抓住伤者两只脚的副驾。他们在我们身后喊起来，哪敢仔细辨听，我们一路狂奔。

在盘山路上绕了两个圈，小伙子才停下来，我已经上气不接下气了。我打着手势问他，到底怎么回事。

“贩毒，游击队。”他用的是关键词英语，“不是贩毒就是游击队。打架，也可能。”

话都给他说了。伤成这样，在当下的哥伦比亚，差不多也就这三种情况。

“怕，灭口。”他喘着粗气又说。

有道理，到底是当地人，懂行。遇到这种情况，多一事不如少一事。如果就是因为在人群中多看了一眼，再也没能被忘掉容颜，那就太不值当了。我们找了个安全的地方喘口气，小伙子说，这会儿堵车，我们得坐索道下山，转地铁去书店了，要不真迟到了。

幸亏小伙子想得周到，我们在地铁上吃了两个汉堡，赶到波尔塞河书店，差五分钟到三点，上台前只剩下化装和喝杯咖啡的时间。

蒙面这事我也是到了书店才知道。在智利时老宋跟我说，我参加的这场朗诵会别出心裁，主要是参与的书店别出心裁。他们承接的活动中，每个活动都有自己的主题，为配合这个主题，会对朗诵现场或者朗诵的作家和诗人做一些相应的别致包装。此次主题为“声音”，为了让听众充分体味和享受文学的“声音”，必须尽量减少对朗诵者本人的关注。据说最初的设计是，四位作家和诗人在朗诵及对谈环节都要待在一块黑幕后面，只出声音，人不露面；主办方给否了，要这样，艺术家都不需要来了，录个音频播放一下就完事，还搞什么文学节，都在家听广播得了。文学节的意义之一就是张扬一种在场感，要在现场，让世界文学在现场、在当下，面对面地交流、融合。双方各退一步，达成共识：朗诵者蒙面上台，戴礼帽，以便把眼睛也遮住。蒙就蒙吧，很多文学活动越来越像行为艺术，这些年的确也见了不少。

朗诵者同时上台。一位危地马拉女作家，一位挪威剧作家，一位哥伦比亚诗人，三位在我到书店之前都已经戴好礼帽，脸上蒙着闪亮的黑绸。我们都不知道对方的眼睛在哪儿，但坐到排成弧形的椅子上后，都礼貌地点头，相互示意。因为是国际文学节，作家母语之外，主办方提供了英文翻译。也就是说，我们都用自己的母语朗诵，旁边的电子屏幕上滚动着与朗诵内容相应的英文版。由此我得知他们三位朗诵的内容是什么。

危地马拉女作家的朗诵题为《天空之城》，想象她站在中美洲最高峰塔胡木耳科火山顶上听见的各种声音，这些声音组成了一座“天空之城”。挪威剧作家朗诵的是他最新剧作中的一幕，十几号人在一家餐馆里争论这个国家要不要保持中立国身份，这一幕叫《烟火人间》。我是第三个朗诵的，题为《四千里水声浩荡》，集中表达了我对京杭大运河从南到北的水流声的倾听、感受和想象。最后是哥伦比亚诗人，朗诵的是《丛林密语》。他的声音不大，但柔韧性很好，听着就像来自黏稠的热带雨林。如果英文翻译能够忠实于原著，那他的“丛林密语”应该相当精彩。他几乎穷尽了我所知道的热带雨林中可能发出的所有声音，朗诵中间，他甚至还动用口技，惟妙惟肖地模仿出众多奇怪的鸟鸣和兽语。他说他在丛林里待了二十年。毫无疑问，在有近百名观众的现场，他赢得了最热烈的掌声。

对谈环节无须细说，主持人主要围绕声音与文学、生命和世界的关系展开问题。西班牙语的作家直接说西班牙语，旁边有口译翻译成英语；我和挪威剧作家用英语，口译为观众翻译成西班牙语。

整个活动形式的确别具一格，效果如何不好说，吊足了观众胃口倒是真真切切的，他们显然十分好奇文学的礼帽和黑绸子后面的那张脸。别说观众，我心里都在抓挠，看着他们三个，一不小心就走神，很想伸手把蒙面给拽下来。

我等着活动结束。

主持人终于站起来，但同时宣布一个消息：因为嘉宾们行程比较满，主办方决定临时取消与观众互动和签名环节。尽管如此，我还是被一位老先生叫住了，他想握一下我的手。年轻时当海员，他跟着大船到了广州，不巧生了病，停在码头的那几天他卧床不起，能下床了，船已经离了广州。同事们跟他说，中国人的手真软。他想验证一下，但此后阴差阳错，船再没去过中国。他谨慎地握住我的手，花白的眉毛竖起来，“挺硬啊。”他疑惑地说。

我说：“我太瘦了。”

回到书店的那个狭小的嘉宾室，危地马拉的女作家和挪威的剧作家已经把礼帽和蒙面取下，露出本来面目，哥伦比亚的诗人还保持原样，他正要离开。主持人所谓的嘉宾行程较满，应该说的是他。他跟我告辞，不是拥抱，是握手，“后会有期”。然后，稍作迟疑，他背对别人，转向我，一手取下挂在左耳上的蒙面带子，一手同时摘下礼帽，对我笑笑。两秒钟后，他的笑又挡在了黑绸子后面，同时戴上礼帽。两秒钟足够。黑框眼镜，看眼神应该跟我年龄相仿，但粗硬短发中冒出来的一根根醒目的白头发和漆黑的唇髭，以及风吹日晒后的皮肤，让他看上去更像个四十开外的中年人，尤其是从右边嘴角一直斜拉到下巴底部的一道宽阔的伤疤，让他更见凶猛和沧桑。下巴处，疤痕下方的边缘有颗硕大的黑痣。他蒙上黑绸子时，我最后看到的就是那颗黑痣，像流淌在他脸上那条短促的大河岸边的一座山峰。

“再见。”

到晚宴时我才知道拉下蒙面对我是多大的礼遇。诗人罗德里戈·马丁内斯，哥伦比亚革命武装力量的一分子，游击队员。这可能是个临时取的假名字，或者笔名，但身份却是实实在在的。“声音”主题与蒙面朗诵的形式，是否是他与主办方达成的共识？晚宴进行中，我装作不经意地问了书店老板，白胡子胖老头笑笑，举杯祝我哥伦比亚之行愉快。又喝过几杯酒，胖老头鼻子也红了，凑到我耳边说，没想到马丁内斯会把真实面目亮给你看。顺便拍了拍我的肩膀。对于一个游击队员，尤其是在游击队中层级不低的领导，真面目示人一般意味着两种情况：一是你命不久矣，多一个知情者他们就多一分危险；二是表示极度的友好，拿自己的生命表达对你的信任。我问，对我是哪一种呢？胖老头说，当然是这个，对我竖起右手的两根手指。

晚宴老宋也来了。他是中拉文学比较研究的专家。多年前是中国人，现在是智利人，圣地亚哥一所大学的教授，我受邀到他们大学驻校写作交流，也是宋教授的引荐。因为老宋的双重身份，拉美文学的国际交流也经常请他出谋划策，这一次麦德林国际文学节，我和另一位从法国过来的中国诗人都是老宋推荐的。在文学节上，老宋是个忙人，要主持两场活动、单独做一个讲座，活动结束就得回圣地亚哥，有课。明天我去波哥大，他已提前把我托付给了安第斯大学的罗贝托教授。今晚的聚会，他正好叮嘱我一下波哥大之行的注意事项。其中重要一条，就是晚上不要一个人在马路上走，最近政府军和游击队交火比较频繁。

老宋此前也没听说过罗德里戈·马丁内斯这个人。事实上，自上个世纪六十年代哥伦比亚革命武装力量诞生以来，五十多年过去，游击队中与文学有关的信息传出来的真不多。立竿见影的是革命和武装，是枪杆子可能争取到的政治与权益，文学有什么用？哥伦比亚不多，墨西哥、秘鲁等国家也一样。老宋在拉美待了十几年，他说他只读过哥伦比亚一个游击队员写过的诗，诗人名叫马丁·克鲁兹·维加。

挪威的剧作家说：“马丁内斯先生不担心我们泄密？”

回答他的是晚宴上文学节主办方的一位领导，此人温文持重，说："他相信文学。出了这个门他才是游击队员，但已经是鱼游大海，销声匿迹了。"

胖老头举起香槟，大家一起鼓掌。

罗贝托是罗教授的哥伦比亚名字，也是他的中文名。他是我见到的第一位用原名作为中文名的汉学家。一个瘦高的老头。其实不算老，但看多了胖乎乎的哥伦比亚中年男人，乍见瘦得跟竹竿一样且头发花白的，即使他只有五十四岁，你也会觉得他是个老头。干瘦让他的脸上布满了褶子。他在波哥大的火车站接到我。陪他来火车站的是个敦实的中国人，叫杜仲，不到五十，二十六岁从山西大同来到波哥大，从一个采矿的变成了一个种菜的。

"小杜可不只是个种菜的，"罗教授说，"波哥大一半的蔬菜都姓杜。"

"徐老师见笑了，"老杜难为情地搓着手，好像事业干大了是件不光彩的事，"罗教授那是鼓励我，哪有一半，四分之一就不错了。说破天也就是个种菜的。"

一个中国人，占了整个波哥大蔬菜市场的四分之一，那也是个惊人的数字。在智利时就听说哥伦比亚和墨西哥的蔬菜大户不少是中国人，没想到一到波哥大，堵到车门上的就有一个。大户中的大户。

“小杜还是个文学青年。”罗教授继续介绍。我们一起往停车场走。

“就是喜欢看小说。”老杜说，“徐老师的书我差不多都读过。”

“我的汉学研究，一半成绩都要归功于小杜。”罗教授的汉语说得很好，除了个别翘舌音发不好外，舌头的弹跳力非常好。“每次回中国，都会给我带来很多书。您的小说我最先读的不是西班牙语版，是中文版，小杜推荐的。听宋教授说您要到麦德林，那一定得来波哥大啊。即使不去麦德林，到智利了，那也应该来一趟波哥大，是不是？”

我点头，说是。

老杜开车。宝马，果然是大户。据说哥伦比亚开好车的不多。我在波哥大的活动有两场：明天一场，在安第斯大学，与罗教授和他的学生们讨论中拉文学；一周后的同一时间，做一个有关我个人创作的讲座。中间的六天，除去与翻译我作品的师生交流，都是自由的。罗教授在指导研究生论文，怕照顾不好我，所以开宗明义，把我交给老杜了。老杜很高兴，没准七天以后他就突击成为小说家了。

那天中午，我们去了他的中餐馆吃了顿正宗的重庆火锅。老杜说，他开中餐馆，挣钱是次要的，主要任务是试菜。他供应波哥大的很多菜都是中国菜，哥伦比亚人没见过，国内带来的种子，在哥伦比亚的土地上繁茂地生长。比如韭菜、豆苗、丝瓜尖、瓠子，敢不敢吃，怎么吃，完全没概念，他就用波哥大几家连锁的中餐馆提供示范。

此后几天，老杜的连锁餐馆成了我的食堂，他每天开车带着我到处转悠，到了饭点儿，靠哪个餐馆近，就到哪个餐馆吃。那几天我把他的几个馆子都吃遍了，招牌菜也都过了一遍。作为半吊子美食家，不是吃人家的嘴短，我是真心觉得老杜能四分天下乃至三足鼎立不是没道理的，他对食材把关之严，对厨师要求之高，让后厨都有点扛不住了。我跟他说，我最喜欢的一道菜是芹菜炒肉丝，小时候难得吃一次肉，又喜欢芹菜味，就落下心结了。到晚上进了餐馆，这道菜就端上来了。老杜只看了一眼热气袅袅的那盘菜，筷子还没拿，让后厨重做。

“为啥？”我和后厨一样疑惑。肉是新鲜好肉，芹菜也水灵，刀工和品相也没的说，闻着香气扑鼻。

“徐老师好这口，既是喜欢肉香，也是因为芹菜香，”老杜夹起一根芹菜段，“我不是在电话里交代过你们嘛，要做出三十年前的芹菜炒肉丝的味。三十年前苏北乡村哪来的西芹？都是地地道道的中国传统芹菜。那才是芹菜的香。”

我一个劲儿地给后厨说好话，没用，必须重做。一个好的中餐馆，仅仅把菜给做出来远远不够，还要把传统、文化和回忆给做出来，异国他乡，要全方位地抚慰好客人的乡愁。这家伙，一番高论加上地道芹菜的体贴，把我眼泪都给整出来了。

当然，那几天我们并非一直在餐馆或者通往餐馆的路上，我们看了很多地方。观光客必须当好，“南美洲的雅典”呢，该看的好景要看，古老的街巷能步行还是要步行。我们爬了蒙塞拉特山，在白色小教堂边上的咖啡馆喝了咖啡，以便将整个波哥大尽收眼底；看了黄金博物馆，按照加西亚·马尔克斯的文章所述，把他大学时的活动路线也给走了一遍；甚至驱车去参观了盐教堂，在那座建于地下盐矿中的恢宏别致的教堂里，你会发现所有的耶稣和圣徒雕像，不仅他们的眼泪是咸的，他们身体的每一寸肌肤和每一片衣物都是咸的。去得最多的，还是老杜像大海一样浩瀚的菜地。难以想象，一个中国人，在南美洲的高原上，开辟出了那么多层层叠叠的菜地。管理种类繁多的菜园的，只有屈指可数的几个中国人，绝大多数是当地的哥伦比亚人。我们在不同菜地之间穿梭，老杜一肚子往事，随便哪种菜，从来龙去脉到水土不服，再到走上哥伦比亚人的餐桌，都能讲出整卡车的故事。老杜遗憾地说：

“可惜我只会看小说，不会写，要不就坐在田间地头，没准儿也能写成个文豪。”

“我看行，”我说，“你完全可以为哥伦比亚再拿一个诺贝尔文学奖。”

每一种漂洋过海的蔬菜都是一本书。所有的蔬菜加起来，那该是一部更丰厚的“人间喜剧”吧。

这对老杜，应当算专业，进安第斯大学做博导都没问题。不过我更感兴趣的是他的生活，或者说，是华人在哥伦比亚的生活。

“中国人在这边混得都不错，”老杜说，“吃苦耐劳嘛。也都有蚂蚁搬家、集腋成裘的本事。除非运气实在太差，出门撞见鬼。”

“比如？”

“天灾人祸呗。洪灾，战争，染毒。”

我们的车正经过老城区，老杜指指车窗外。汽车、摩托车川流不息，丰乳肥臀的女人站在门口，朝各种街边小店里张望。那些病病歪歪的瘦男人我总疑心是瘾君子。荷枪实弹的军人在街角巡逻。我们还路过布置了路障的几条街，一堆沙袋堵在路口，几个当兵的在障碍后面架起机枪。

“每年都会有人被抢。”老杜说，“枪顶在你腰眼上，或者突然从你汽车的后座上冒出来，冰凉的枪管戳你的后脑勺。要钱。他们知道中国人有钱，他们也知道中国人有带现金的习惯。他们就是要钱。所以，也不知道是恶性循环还是良性循环，我们中国人更喜欢出门带钱了。出门前，家人可能忘了让你带钥匙和手机，但绝对会提醒你带钱，现金。”

老杜举了一个又一个的案例。他被人顶过两次，是不是枪他也不清楚，就觉得后脑勺圆圆地硬硬地一凉。他自觉，对方没开口他就开始掏钱。现金要分几个兜装。如果是小打小闹的抢劫，你最好把那个兜里的钱全给他，看看，底朝天了，都在这里了。他也懒得再找你麻烦，拿着钱就欢天喜地赶紧跑了。就怕抠抠搜搜的，他要不高兴，脑子一热，你就麻烦了。经常是毒瘾犯了来紧急打劫，他们自己都做不了自己手指头的主。

最惊险的一次是遇到黑帮示威。老杜开着车，还不是现在这辆宝马，那会儿没什么钱。快到一个桥底下，一片急刹车声，前面的车停下来，他也跟着停。两辆黑色轿车横在前头，四个车道全堵死了。车上下来四个黑衣人，都戴墨镜，每人举着一支AK-47，突突突对着天上来一梭子。车里的人都跟着往天上看，才发现桥上也站着一群人，一样的黑衣和墨镜。他们站在桥边，两人一组，随手往下一抛，三个人被拴着脖子吊在了桥梁上。被吊的人身体悬空，两条腿在桥下的半空中左右晃荡。然后，地面和桥上的黑衣人迅速钻进车里，油门一踩飞奔而去。前后时间不超过六十秒。若非挂在桥上的三具尸体，你会怀疑刚才那一幕是否真的出现过。老杜说，那时候刚三十岁，哪见过这阵势，差点尿了。他记得被拦下的那些车主都是过了一两分钟才回过神来，因为一两分钟后，有人开始摁喇叭，然后所有人都开始摁喇叭。他们就在原地摁着喇叭，让喇叭足足响了五分钟。老杜说，他摁着摁着眼泪就下来了。他用了一个词，泪流满面。

这次现场教学让老杜做了两个月的噩梦，要不是找了当地的女朋友，他就决定回国了。噩梦结束，别的后遗症还在，出门先把自己收拾得像个长工，只开破车，怕光鲜了被人盯上。无奈生意做大了，没派头人家瞧不上，才把自己“整得人模狗样的”。整体上老杜是个朴素低调的有钱人，不混上流社会，非必要不西装革履，罗教授带着他和朋友聚会，朋友们还以为他是司机。

七月的哥伦比亚正值旱季，高原上太阳又好，出了城，起一点风就尘土飞扬，老杜的宝马早成了灰扑扑的脏骡子。他也不着急洗，要等闲下来再说。第二天是我在安第斯大学的最后一次活动，我想着老杜开车送我过去，咱不能搞得像从山里刚出来的，就在他辽阔的蔬菜王国的办公楼前，接上根浇花的水管子，趁他去给员工们开会，痛痛快快把车给洗了一遍。等他回来，我指着太阳底下明亮的宝马说：

“看，贵妃出浴。”

老杜说：“像个新媳妇，我都不敢进洞房了。”

不知道是不是洗过的车太招眼，下午就出事了。四点多，我们从城外回市区。路况出奇地好，但我们俩只顾聊哥伦比亚作家阿尔瓦罗·穆蒂斯，完全没有意识到与平常有异。穆蒂斯是加西亚·马尔克斯的朋友，小说写得非常棒，但国内翻译得不多，老杜读过原著，一路都在给我讲穆蒂斯小说主人公马克洛尔如何在亚马孙河上历险。一辆老式黑色大众车突然从我们身后超车，然后减速，在我们即将右转弯时，斜着挡在我们面前。老杜一个急刹车，我听见他叫了一声：

“完了。”

他想倒车再换道，黑色大众后面的车门已经打开，下车的两个戴墨镜的蒙面人三两步奔到我们车前，一个站在老杜的车窗玻璃外对他举起了小手枪，一个站在后车门处。老杜打开后车门，两个蒙面人相继坐进车里。两把枪分别从后面抵在了我们的脖子上。一个人说了句话。老杜对我翻译：

“证件。护照。”

我摘下墨镜，到上衣口袋里找护照。我和老杜的证件交给我身后那人，他拿着证件迅速下车。大众副驾座的窗玻璃降下来，他把证件交给戴着茶色眼镜的蒙面人。“茶色眼镜”看完证件，扭头朝我们这边看，足有五秒钟。然后对车外的人低语。那人把证件又拿回车里，还给我们，说了一句话，就和同伙下车了。他们回到大众里，车开动。“茶色眼镜”把窗玻璃摇上的时候，风灌进车里，掀起了他蒙面的一角。我分明看见他右嘴角的伤疤一直通到下巴，像一条宽阔的大河，疤痕下的一颗黑痣，如同河边隆起的山峰。

大众车绝尘而去。老杜把车开到路边，我们俩连抽了两根烟才平息敲锣打鼓一样激烈的心跳。老杜说，还证件时，蒙面人说的是：

“对不起，搞错了。撤！”

情况就这么个情况。两三分钟的事。

老杜一个劲儿向我道歉，如果不是跟他去蔬菜基地，我就不会遭遇这惊魂的两三分钟。实话实说，这两三分钟有半辈子那么长。我也一直向老杜道歉，要不是瞎勤快洗了车，他们可能也不会盯上我们。

第二天去安第斯大学，课前又聊起来。罗教授说，真未必是钱的事，看错车，认错人，也不是没可能。谁知道呢。

我犹豫再三，还是没有说出最后看到的伤疤和那颗黑痣。谁敢说整个哥伦比亚只有一个人生有这样的下巴，即使他是个诗人，还是个游击队员。

因为诗人罗德里戈·马丁内斯，从拉美回来，我一直关注哥伦比亚的局势和武装冲突。如果能读到更多“丛林密语”当然更好，必须承认那是极其优美的诗篇。2016 年 11 月底，哥伦比亚政府和哥伦比亚革命武装力量达成新和平协议，该协议获得国会通过，长达半个世纪的武装冲突至此结束。那段时间我以前所未有的热情坐在电视机前，任何与哥伦比亚相关的新闻都不错过。翻过年二月份，一天中午，我正在厨房泡茶，国际新闻里播了一条政府军押送游击队顽固分子的消息。听见“哥伦比亚”四个字我就往客厅跑，茶杯里的水洒了一路。

那条新闻不长，主要画面是政府军荷枪实弹押着一队自丛林走出来的游击队员。那些游击队员已然相当落魄，衣冠不整，表情也多颓丧，低头走成一条歪歪扭扭的线。这中间有一个人腰杆挺直，堪称昂首阔步，他在队伍中的格格不入显然让押送者不满，一名军人走过去，用枪托提醒了一下他的左胳膊。游击队员停下脚步，扭头看了政府军一眼，一声没吭，继续以刚才的姿势和节奏往前走。就那一扭头，我看见了花白的粗硬头发、嘴唇之上的黑胡子、右嘴角一直拉到下巴的伤疤，以及伤疤下的黑痣，但没有眼镜。可能因为少了我想象中的那副眼镜，他的眼神多少有点失焦。而恰恰是这涣散和失焦，让他整个人有了一些不真实感。

画面切换到了白俄罗斯的明斯克。电视屏幕上关于那条新闻的痕迹荡然无存，仿佛不曾播放过一样。

我在藤椅里坐下，喝掉整杯茶后，开始给老杜发微信。我简单描述了一下刚才那条新闻，问他哥伦比亚国内现在情况如何，是否有一个名叫罗德里戈·马丁内斯的游击队诗人，或者，是否有一个写过“丛林密语”的诗人？如果看到我说的那条新闻，那个腰杆挺直、下巴上有伤疤和黑痣的人，能否打听到他的下落？我明知道最后一个问题是废话，但还是发过去了。

老杜竟然还没睡，立马给我回过来。他没听说过有这么一号诗人，也没读过我所说的“丛林密语”。新闻现在就去搜，不过他提前给我打了预防针，这样一个人的下落，打听出来的可能性基本为零。

十分钟后，老杜回我：类似的视频找到了，也看到了我说的那个人。尽管希望渺茫，他还是会尽力去打听，一旦有相关消息，就及时告知我。

我和老杜一直联系，天南海北什么都聊，但“相关消息”我一次都没收到，直到现在。

2023 年 1 月 10 日，远大园

斯维斯拉奇河在天上流淌

1

如果读过拙作短篇小说《如果大雪封门》，就会知道这个故事中的林慧聪是谁。很多年前，我们都是背井离乡的少年，一起租住在北京西郊的一间平房里。他从很南的南方来，跟着叔叔在北京各大商场门前放广场鸽，鸽子越放越少，他就被叔叔赶回了老家。我和姑父从花街来北京，姑父办假证，我走街串巷给他打小广告：如果你要办假证，就可以按我发的小广告上的号码给他打电话。

假证办不下去后，我也回了老家，继续念高中、考大学，按部就班成了现在这个样子。慧聪没念大学，整天关在家里瞎捣鼓，在作业本的背面画满了人和鸽子、树和车、房屋和高楼、城市和乡村、风雪和闪电，还有其他奇奇怪怪的东西。其实他画的每样东西都奇奇怪怪，包括人。十几年后，我们相互看到了对方的作品，他说我就该写这样的小说，我说他就该画这样的画，就该画这样奇奇怪怪的画。住在同一间平房的时候，我就觉得他脑子里充满了怪念头，对事物的描述总有怪异的角度，全然不走日常的逻辑。

手头有他三本画册，我发现，五十二幅有人的画，没有一个人的双脚是踩在大地上的。要么悬于半空，要么飘在天上，要么深扎在石头里，或者像卡尔维诺《树上的男爵》里的柯西莫一样，待在树上不下来。其他的物象也一样，汽车的轮子上多半长脚，西北风出门要穿披风，水果在我们看不见的内部生有两排小小的牙齿，鸽子的头顶必戴王冠。就像做梦的人总要进入另外一个世界，慧聪只要拿起画笔，他基本上就不在我们这个庸俗的世界上了。他的诡谲别致的想象力，和他对色彩的非常规使用，让他慢慢从一个业余画家变成了炙手可热的艺术家。

看好他的人很多，收藏他的画的人也很多，这几年他出国也频繁，参加各种国际艺术创作活动、计划、展览，因为进出国门他都喜欢从北京走，所以每年我们都能见几次。很难想象，当年那个穿着破旧的黄军大衣，倚在当代商城门口的银杏树上，一脸干涩的空白的南方放鸽少年，如今一头长发，穿着高领毛衣，搭着克罗地亚的围巾，一条李维斯牛仔裤，脚蹬 ECCO 休闲皮鞋，外面罩一件长及膝盖的肥大的涂满油彩图案的羽绒服。元旦那天有点冷，他要去白俄罗斯，参加明斯克一个全球艺术家驻留创作计划。他从穿着短袖的南方来，一路加衣服，到北京就成了这个臃肿模样。去首都机场前，我们在北三环的一家馆子见了个面。

开了口你就知道，他还是当年那个为了看“大雪封门”才来北京的少年。

“想到能在明斯克待三个月，做梦我都会笑醒。”他说，“终于可以看更大的雪了。真正可以封门的大雪。”

对一个从小生活在不知雪为何物的南方的少年，北京已经是相当北方了，当年他跟着叔叔来北京放广场鸽，主要为看雪，混口饭吃都在其次。千真万确，他对雪的执念，像我这样对雪司空见惯的人没法理解。但那年北京很不争气，暖冬，雪下得敷衍，差不多是意思一下就算了。好在少年林慧聪想象力够硬，用头脑补足了遗憾。他对大雪覆盖的北京气壮山河的想象，让我得以顺利地写完《如果大雪封门》。

现在他又要看雪了。这个驻留创作计划前后三个月，主办方挺体贴，排给他的时间是去年十月到今年元旦，如此既可以满足他对天寒地冻、大雪封门的持久向往（他报送的创作计划中，冰天雪地是最重要的主题），又不至于让一个南方人饱受孤寒之苦。但他不领情，非要过足雪瘾。冰冻三尺，非一日之寒，他说他也得“冻”透了才有创作灵感；漫长的冬天，“冰天雪地”必定大有可为。主办方只好跟阿尔巴尼亚的音乐家协调，把他换到了这个周期，从一月到三月。

虽然是个长头发画家，慧聪喝酒上一向理性，那天喋喋不休地说冰天雪地的时候，我觉得他身体里一直烧着一团火，所以就喝多了。我打车把他送到机场，办登机牌时他才清醒过来。安检之前我们告别，他抱着我说：

“哥们，看着吧，我的艺术会脱胎换骨。”

到明斯克，慧聪才发现那里不是个童话世界。冷的确是冷，零下二十度以上的时候很少；雪也足够多、足够大，想起来就能下一场，有点像他老家那里下雨，老天一高兴就来一场，一不高兴了又来一场；前后九十天，大大小小下了足有十五场雪。给我的微信里他说：真是得其所愿，除了冷，就是雪。这对慧聪完全是投其所好，都很顺利。问题是，住的地方总出毛病。有时候断电，有时候莫名其妙停暖气。在一个暖气足、春意浓的环境里欣赏冰天雪地、大雪纷飞是一回事，在里外同此凉热的屋子里感受天寒地冻、大雪封门是另一回事，那是名副其实的冷，冰冷，直往被窝和骨头缝里钻。

驻留地设在明斯克郊外的一个小镇上。来自全世界的艺术家们都将住在镇上一座古老的修道院里，旁边有座东正教教堂，一百多年前，它是天主教教堂。修道院不是很大，一部分辟作他用，类似创意空间之类的地方，慧聪住了三个月也没搞清楚来来往往到那里去的人都在干什么，也不知道那都是些什么人。这地方人烟稀少，去那里的人还是不停地在变。艺术家们住的地方与创意空间隔着一小片荒地，被风雪摧毁的灌木和枯草证明冬天到来之前这片土地是如何地肥沃。

这一期驻留的还有一位白俄罗斯本土的小提琴演奏家，三个月里慧聪只见过他两次，另有一个晚上听见他拉琴，第二天一早下楼去敲他的门，人又离开了。此人大胡子，长得像帕瓦罗蒂，自己带了车，来去自由，所以大部分时间可以像个吟游诗人一样到处乱跑。也正常，人家对自己的国家实在太熟悉，不像慧聪，到哪里都是头一回。陌生感多少会带来一些恐惧，游荡的念头自然就逐渐寂灭了。因此可以说，是慧聪单独一人驻留于此，须独立面对整个生活。镇上有市场，日常用品和食物要自己采买，三餐要自己下厨。驻留计划的负责人是位女士，年逾六旬，一周从明斯克开车来一次。因为慧聪生活足以自理，每周一次的驻留地之行对安娜女士来说，等于城里人到乡间的周末散心。

驻留地的日常维护由两名当地人负责。一个是打扫卫生，中年妇女，下午五点准时回家，活儿干没干完都回；另一个是男的，五十岁左右，烧暖气和日常管理归他，常住在一楼离门最远的一个房间里。开始慧聪以为他俩是夫妻，后来见两人吵架，那男的抡起扳手要砸女的，才知道没关系。当然扳手只是抡起来比画一下，男人喝多了。男人似乎经常喝多，这也是白天大部分时间里房间暖气跟不上的原因。此人喜欢白天喝伏特加，不会烂醉，但喝几口就得眯一会儿，睡着了就忘了添煤，白天暖气就总是死一阵活一阵。白天睡多了，到晚上就精神，慧聪经常听见他坐在火炉旁边唱听不懂的白俄罗斯民歌，炉膛里的火熊熊燃烧。好在慧聪也是夜猫子，活儿主要在晚上干，白天画不了几笔，大部分时间都在附近游荡。按他说的，采风，体验冰天雪地。白天也不需要房间里温暖如春。

风光无限自不必说，冰天雪地的异域，出门但见天地皆白。开头大半个月，慧聪都觉得自己是骏马奔驰在了草原上，得其所哉的那个爽。一个月后，劲儿差不多过去了，除去发现了冷和单调之外，还感觉到了寂寞。没有朋友，连个说话的人都没有。这些年他也算个“国际飞人”，英语也被迫学到了“披头散发”的段位，连说带比画，在英语通行的地方吃喝拉撒都没问题。但这是明斯克的乡间小镇，他照猫画虎学到的几个俄语和白俄罗斯语单词，加起来也不到十个，仅够向女人和男人要到垃圾袋、手纸和要求再添几块煤。又不能整天逮着国内的亲朋好友聊个没完，再说，那地方的无线网速实在不咋地，5G 手机也只能跑出个拖拉机的速度。这也是一个月后，他没事就往肖洛霍夫咖啡馆跑的原因。

镇子不大，常住人口不到三百，商业基本都集中在河边。穿过明斯克的斯维斯拉奇河一直流到这里，河边的那条柏油路通往整个白俄罗斯。过路人要打尖、住宿或者停下来喝杯咖啡，就在路边停下来，所以这里一溜罗列着饭馆、酒吧、旅店、咖啡馆、菜场、超市、游戏厅、台球房，还有一个小型电影院。电影院已经多年不放电影，隔三岔五会在晚上举办个舞会。肖洛霍夫咖啡馆就挤在这些公共设施中间，左边是旅店，右边是台球房，再过去是饭馆。如果不想回修道院，慧聪可以在路边把一整天都打发过去。但除了偶尔懒得做饭去隔壁的饭馆，他大部分时间都坐在咖啡馆里。老板知道这个中国画家喜欢面对大河的靠窗位置，即使慧聪这天没去，他也在这个位置放上“预留”的牌子。

老板狂热地喜欢《静静的顿河》，年轻时在莫斯科一家咖啡馆干过，攒够钱回老家，开了这个咖啡馆。本来想叫“静静的顿河咖啡馆”，门前流淌的是斯维斯拉奇河，真叫了不免拧巴，就改成“肖洛霍夫咖啡馆”。他请人用花体字手写一份“店史”，装裱好挂在吧台旁边的墙上。店史中有一句话：据说大作家米哈依尔·肖洛霍夫来过此地。“据说”啊，就名正言顺了。也是据老板跟慧聪说，整个明斯克有三分之一的人知道他的咖啡馆，原因之一是他在莫斯科严格培训过，活儿好；二，也是最重要的原因，肖洛霍夫。

慧聪在外面走累了，看饱了，有想法了，就背着包走进咖啡馆。要一杯热咖啡，拿出速写本，把一路的见闻和心得先画出个草图。他在微信里跟我说，只有在天地一色的纯粹里，你才能明白中国画的妙处，什么叫少胜多、少即多，什么叫实乃虚、虚即实，什么叫不着一字尽得风流。

我问：“画呢？”

他回：“脑子里存着呢。”

素材存好了，慧聪端起第二杯咖啡，抬起头，透过擦拭之后依然结满冰窗花的玻璃窗，看见宽阔的河面上几个不怕冷的孩子在溜冰，花红柳绿的衣服让野外的空间变得更加浩大。他也玩过几次冰，但他南方的脚总觉得踩着不踏实，就在冰面上找一架别人丢弃的滑冰车，坐上去，用车上备着的铁钎子撑住冰，在斯维斯拉奇河上飞奔起来。他看着冰面上每天人在增增减减，多时十几二十，少时只有一个。

至少有一个。在远离孩子玩耍的一角，那个人枯寂地坐在冰面上，远远看去，一动不动。

2

小说家要真实，即使是个虚构故事。我是林慧聪，之前就被虚构进了小说《如果大雪封门》。这一次把我放在了明斯克郊外的一个小镇，在小说家看来，我是一个靠色彩和想象力篡改世界的画家。从艺术的角度理解，“篡改”这个词有点暧昧，意义可大可小，姑且不予争辩，要声明的是，不管我画笔下出现什么样的人与世界，我所要的也都是真实。是我的艺术意义上的真实。比如现在，我在肖洛霍夫咖啡馆窗前不断移动目光，以便在各种形状的冰窗花之间找到干扰最少的一小片区域，让冰上人和我的视野之间建立最清晰的关联。他是不是每一天都在，我不知道；每一次我来咖啡馆，都看见他坐在那里，就像从来没离开过一样。就像长在了那里。天地皆白，这个一身灰黑的人看起来更像悬浮在半空。也因为他的灰黑如此醒目，成了那一片世界的中心。小说家喜欢美国诗人华莱士·史蒂文森的一首诗，叫《坛子轶事》，诗中写道：

我曾把一只坛子放在田纳西
它浑圆，在一座山上
它使得凌乱的荒野
环绕那山

荒野向它涌升
在周围蔓延，不再荒莽
坛子浑圆，立在地上
高耸入空气中一个港口

它统治着每一处
那是个灰色、赤裸的坛子
它并不奉献鸟儿或树丛
不像田纳西州任何别的东西

在我看来，冰上人就是那只田纳西的坛子，让他周围的世界逐渐生成，并给予了秩序。包括我、我所在的肖洛霍夫咖啡馆、这个小镇，乃至整个明斯克。如果要形诸纸上，我一定这样来结构画面。他在那里一动不动。我放下咖啡，包留在座位上，我想去看看那个人。

他远在溜冰人的另一侧。以我的冰上功夫，即使眼下冰上还覆着一层薄雪，走到那里起码也得摔三跤。直白地去看人，有失唐突，装也得装得自然一点。我又把那架快散板的滑冰车招呼上，慢悠悠地兜着越来越小的包围圈。

看身形，是个老年男人，中等身材，一身灰黑臃肿的棉服，保暖皮鞋都是黑的。大部分时间低着头，戴最保暖的老式火车头皮毛棉帽，当地的皮毛手套，厚围巾，围巾遮住了口鼻。即使他抬起头，我也只能看见皮帽子和围巾之间窄窄的一线眼睛。我在附近绕了四圈，他也没有看我一眼，他盯着眼前脸盆大小的冰窟窿。他在钓鱼。包裹棉垫的简易椅子的四条腿已经扎进了冰面，椅子旁边有一堆凿冰洞和钓鱼的工具。还有一个黑色背包，应该装着食物和热饮，也许还有手机和书。

连着三天我都在他附近玩滑冰车。四十年来我在冰上待过的所有时间加起来，也没有这三天多。我没说话，他也没说话。不需要说话，足以感受何为天地人，何为天人合一。回到修道院，我上网查了一下冰钓，开了眼。在明斯克的冬天，要想破冰钓鱼，得凿掉厚厚的一坨。有专门的凿冰机器，通电的，像打井一样转着圈地往下钻。那冰上人应该是纯手工，脚边放着凿子、锤头和铁铲。网上说，冰钓往往收获甚大，鱼儿们不仅要吃，还要透过冰洞寻找氧气。这让我想到“过江之鲫”的成语。不知道那位冰钓者收获几何。

又进了咖啡馆。点咖啡时老板用英语问我，那人我是否认识。他用下巴指指窗外。我摇头。咖啡机轰隆隆响，他突然说：

“您应该认识一下。冬天来我们这地方的中国人不多。”

“中国人？”我还是有点意外。

“您不知道？他比您来得早。”

“旅游？定居？走亲戚？”

轮到老板摇头了。他真不知道。他说，此人不和当地人打交道，来镇上两个月了，只来买过一杯咖啡，还没说一句话。用戴着手套的右手食指对着单子上的拿铁点一下，然后就开始掏钱。他用纸币，接过咖啡就出了门。他把咖啡端到了斯维斯拉奇河的冰面上。

“就那一次，”老板说，“可能那会儿刚来，自己的咖啡机还没到位。”

“住哪儿？” 我问。

“我从不打听那些事。”

这回答让我惭愧，赶紧打岔又撕开一袋糖。咖啡的甜味大大超标。

如果他不是中国人，我的关注就到此结束了。跟他有关的速写及最终会成形的那幅画，我已心中有底，照我的创作习惯，可以“转场”下一个题材了。可他是个中国人。在天寒地冻的异国他乡，想到可以听见久违的像豆子一颗颗蹦出来那样的汉语乡音，我瞬间就在咖啡中闻到了豆子香味。

事情变得简单了。

我头一次把滑冰车停在他跟前，从车上下来，“您好。”

他没抬头，动了动手中的钓线。

“我是中国人。”

他静止两三秒，依然低着头，“也是来冰钓的？”

一个多月没有当面听到汉语了，我觉得耳朵里舒服得如同飘了雪，以至于喉头突然有点紧，都结巴了，“我是个画画画家，我叫林慧聪。”

“哦，住修道院里的。”

“您住修道院附近？”

他抬头看我一眼，目光在帽檐和围巾之间刀片似的一闪，又垂下头。“镇子不大。”

“方便时欢迎去我那里喝茶。我从国内带来的上好岩茶。”

“我不喝茶。也不喜欢串门。”

天聊死了，一点不像他乡遇故知。但我不甘心，好容易逮着个中国人。在国外最长我待过八个月，但好像不曾有过类似突发又迫切的交流渴望。冰天雪地过于寡淡纯粹了？当然你也可以说是太单调了。反正我是头一回来到一个月见不着一个中国人的地方。

斯维斯拉奇河上没有风，孩子们都回家了，阳光尚好，辽阔的冰面像一块无始无终的大镜子。只有冰窟窿里那一小片水面响起薄冰生长的细碎之声。有点让人心碎，就像静夜里雪降落和坍塌的声音。

“那，要来杯咖啡吗？”别的我也不知该说什么。

“味儿大，鱼不喜欢。”

不管真假，又一条路被堵死了。我蹲下来，拧过身茫然地看着寂静无人的冰面。所有的鱼都看不见。头脑中突然闪过一个画面：一个百无聊赖的男人，脸像衣服一样干皱，比如我，蹲在冰面上，看一个形如罗丹的“思想者”的雪人在钓鱼；冰窟窿是个喷射口，一群鱼像烟花一样喷出水面，它们扭曲甩动的瞬间即被冰化，它们就固定在那个姿势里，悬在半空。

“要不，我跟您学冰钓吧。”

“画你的画。”

“灵感没了。”我根本不知道何谓灵感。

他捡起椅子边的一把木锤，对着正前方的冰面画一道线，“二十米外，把鱼往这儿赶。”他知道我没听明白，接着又说，“对着冰面敲，把它们都叫醒。结了冰的窟窿就捣开。”

我领命。从二十米外开始往回敲，遇到冰窟窿就用木锤通一通。顺着那条线，我发现每隔五米就有一个小冰窟窿，之前竟没在意。窟窿周边有残落的鱼饵。他在步步为营，把鱼给引诱过来。后来我知道，冰破开也能给河流输送氧气，对鱼儿们来说同样是巨大的诱惑。

一通操作下来，头发里都往外冒热气。他还端坐，无喜无悲，不急不躁。鱼肯定是钓不上的，木锤落下来，半个河面都在震动，没有鱼会傻到兵荒马乱的时候去咬钩。我把锤子放回他脚边。他从旁边背包里摸出一包中华烟，往我跟前一杵。我抽出一根，问他要不要，他摇头，我就给自己点了一根。一根烟的工夫里谁都没说话，我围着他转了两圈，附近没一个烟头。

烟掐掉，夕阳半落，天暗下来。这里的天黑得早。

“回去吧。”他说，整个人都不动。

那好，明天再来。这一次我没坐滑冰车，尝试步行横穿大半个冰面，边走边用脚推动滑冰车。上了岸回头看，他还僵坐在那里，像一座被弄脏的黑色冰雕。

接下来的几天我都去了。远亲不如近邻，冰钓人松动了一些，但话也只是有节制地多了几句。不过无妨，不需要多说。他不探听我的事；我有时好奇多了嘴，他充耳不闻，我也便明白，不再追问；所以除钓鱼这件事，我们之间剩下的对话也都是客观的，客观到任何两个人之间都可以发生。他告诉我如何在冰上选择钓鱼点，如何打洞，怎样设置引诱路线，鱼饵怎么下，这个季节斯维斯拉奇河里上钩的通常都是哪些鱼，如何让沉在水底的鱼欢腾起来，以及怎样寻找伏在冰下的鱼。最后一条我喜欢。冰窟窿钻好了，总有鱼儿会浮上来找氧气，它们摸索着从四面八方来到洞口，只要冰冻的透明度不至太差，你就会看见它们的背鳍像灰色的刀片从冰下划过。

“拿着，”他递给我那把木锤，“对着鱼鳍划过的地方用力砸。试试。”

我弓腰驼背，在冰面上逡巡，一锤子砸下去，又一锤子砸下去。被震晕的鱼儿慢慢地歪斜着身子，肚皮贴在了冰层下。他又递给我一件渔具，L形的，折过去的那一头有个网兜。我把这个神器从最近的冰窟窿里伸进去，晕晕乎乎的鱼就一条条被捞了上来。我把三条一尺长的鱼拎到他面前，习惯性地冒出一句：

“这三条下锅，一人下半斤酒没问题。”

“抱歉，我不喝酒。”他说。

这不就是热脸贴到了冷屁股上嘛。

他继续说：“真的滴酒不沾。”说话的时候拉下护住口鼻的黑围巾，每一个字都是一个白色的气团。终于看见他微微浮肿的脸，面色不太好，皮肤干涩，有皱纹和星点黑斑，胡子花白，应该多日没刮，也没修剪。这是一张六十岁开外的脸。

因为这张真实的脸，我让冻结的笑重新活泛起来。“我的酒量也不行，”我说，“对鱼兴趣也不大。”

“可以喂猫。”他把围巾拉上去，烟盒递给我。

又只剩下帽檐和围巾之间的那一线眼神。

那天我抽完烟，他也站起身。他把钓到的二十来条鱼，连同保温桶里结的薄冰，一起倒回了冰窟窿。然后把我捞的三条鱼放进桶里，连同椅子、背包和各种工具，或拎或背，叮叮当当挂满一身，像个真正的渔人在斯维斯拉奇河的冰面上迈开大步。

我们一路沉默着走到店铺那一边。等我从咖啡馆里取回背包，他已经不见了。

一个周末，小镇上又来了两个中国人。我从十几公里外的一个古城堡遗址回来，进了肖洛霍夫咖啡馆，想趁感觉还在，先出个草图。去吧台点喝的，老板习惯性地用下巴指着咖啡馆的东南角，对我眨眨眼，意思是，你们的人？他对东亚人拿不准。我扫了一眼，两个三十左右的小伙子，正喝咖啡，短头发，一身西装，像是公务中间的休闲派。我对老板点头称是，端了咖啡坐到窗边的位置上。气温缓慢升高，小镇也逐渐热闹，尤其节假日，明斯克的城里人经常驱车来郊游。咖啡馆老板、修道院里白俄的大哥大姐偶尔也会跟我说，又在镇上见到了中国人。基本也都是来度假的，或者顺道经过，有不少中国人在明斯克工作、留学和做生意。

冰钓者坐在河面上，比上班还守时和敬业。如果我像他一样，日复一日在那里从早坐到晚，我可能会疯掉。他真的只在钓鱼吗？每天早上背着一堆家伙来到那同一个冰窟窿前，把一夜时间结出的新冰凿开，再把长二十米的那条线上的另外三个小冰窟窿打通，撒下鱼饵，放下钓钩，想起来就拎着木锤沿这条路线敲上一遍，当然也可以到其他地方随便敲，然后坐下，继续像雕像一样一动不动。单想一想我就觉得寒气从脚底直贯到头顶心，腿脚发麻，颈椎疼痛，腰椎间盘突出，头脑在冷风里嗡嗡直响，戴着皮毛棉帽也不行。我不行，换任何一个人可能都不行。那他为什么可以？

所以，我怀疑钓鱼在他只是个形式，他在思考源远流长和艰深阔大的问题。若非足够长远和深广的大命题，如何能支撑起这日复一日的六七个小时。如果生命的意义可以用时间来表达，那这些单调、缓慢至于静止的漫长时间，到底涵纳了何一种生命意义？

就像那座古城堡，尽管坍塌破败，昔日胜景不复再现，但它作为废墟的规格与雍容，确是一望即可会心。千万年来，也许这一处曾是冰山、草原和江河湖海，曾经万人涌动、车水马龙，那么，它们真的都消失了吗？我在速写本上一层层画出如上景观，最后在所有的繁华之上画下破败的废墟。时间在这里重叠，分秒未失，旷古来今一一都在。我突然觉得眼前风云顿起，世界宽阔与包容如世界本身。我在草图旁边写下这幅画的名字：

慈悲。

眼前风云顿起。阳光一点点弱下来，云层在逐渐增厚。咖啡馆前两个铁片做的人物剪影开始前后摇晃。一个是格里高利，一个是阿克西妮娅，《静静的顿河》里的男女主人公。老板挑了电影里的剧照，请铁匠做的真人等高像，一则呼应咖啡馆名字，二则是个招徕客人的噱头，进门之前可以跟这对悲情爱侣合影留念，打个卡。风越来越大，格里高利和阿克西妮娅在风里前仰后合。斯维斯拉奇河上的溜冰者被风分批吹到岸上。冰钓老人从椅子上站起，举着铲子开始一下下凿冰。

我放下速写本，出了咖啡馆。从明斯克来的那两个中国人中的一个，坐我旁边那张桌，经过他桌前，我们相互微笑，算打了招呼。

风卷起冰面上的杂物，老人凿碎的冰碴儿也被扬上天空。我还是坐了滑冰车。在这大风里，就我半吊子冰上行走技术，能被吹成陀螺。我对着他喊，大风天该回去了，还凿什么冰啊？老人把围巾拉下来，终于放大了嗓门。他说了这么多天最长的一句话：

“马上大雪降温，不提前把冰窟窿凿大点，冻厚了，更难破。

这地方雪大，得凿明显了，要不雪盖严实了，半天找不着。”

“要多大？”

“越大越好。”

我接过他的铲子，以现有洞口为原点，画一个直径一米多的圈，剩下的就是力气活儿了。他负责把一部分碎冰块聚拢成高高的一堆，即使大雪覆盖了整条大河，也看得见这凸起的标志；余下的冰屑直接推进水里流走了。前后一个半小时。凿至三分之一我就大汗淋漓，脱掉了羽绒服。风弱了一些，天压得更低，仿佛黄昏已经降临，斯维斯拉奇河像一个阴郁的老人。

冰钓的那个大窟窿凿好，我把另外三个小窟窿也顺带扩大了洞口。碎冰的量少，他就把三个冰堆聚得又细又高。从大冰洞往三个小冰洞方向看，如同一个大人带着三个小孩。他坐在椅子上直喘气，皮帽子推到脑门以上，露出了整张脸。那张脸上有了慈祥的表情。他指着四个冰窟窿说：

“画家就是不一样，每个洞口凿得比圆规画出来的还圆。”

我看见的却是四个冰堆。可以想象，一场大雪落下来，它们一定像极了四个坟堆，一座大坟带三座小坟。当然这个不便和他说。

整个小镇都以为雪会从下午开始，结结实实下上个三两天。连修道院大哥都跟我说，这几天别出门了，他决定暂时戒酒，白天也把炉火烧得旺旺的，让我可以穿着短袖画画。第二天一早起来，天倒是继续板着张灰脸，地上却干干净净，一片雪花没见着。烧暖气的大哥站在门前，歪头上下看一圈，回房间里摸出了一瓶酒。简单吃了早点，我背包到外面转了一圈。没目的，就是漫游，当锻炼了。

十一点多，风起，细碎的雪霰翻飞着从天而降。于是紧走几步，进了肖洛霍夫咖啡馆，又到了一天里的咖啡时间。我在进门处的衣架挂好羽绒服，点了拿铁。期而未至的大风雪闪了一下大家，今天咖啡馆里客人反倒多了。明斯克来的那两位同胞今天来了一个，还坐在前次的角落里。我在速写本上简单记下沿途所见和几个小念头，装进包里，然后继续读名为《有人在周围走动》的小说集。喝咖啡时透过窗户看河面，冰钓老人又坐在原地。不知道扩大的冰窟窿能否让他今天多钓一些鱼。风雪在一点点加剧，风比刚才的力度猛，雪霰此刻也变成了大朵的雪花。冰面上只剩下冰钓者，斯维斯拉奇河上的所有风雪都扑向他一个人。

科塔萨尔的小说诡谲又烧脑，一九七六年写于古巴的同名短篇我一口气读完，中间没碰咖啡，连头都没抬。读完了放下书，发现周围有了变化。窗外已不是大雪纷飞，这个形容太端庄，完全是风搅雪，风正恶狠狠地把白毛雪拧成一股股绳子。定睛半天，我才在冰面上找到冰钓老人的坐姿轮廓。如此执着的钓鱼人，怕也只有在白俄罗斯才能见到。咖啡馆里人少了大半，在风雪来临之际回家了。剩下的，有两个换到靠窗的座位上，以便能看清窗外这场浩荡的风雪之战。角落里的中国人坐在了我旁边。他对我一笑，说：

“幸会，您是画家？”

“见笑，鬼画符，混口饭吃。”

“您谦虚。虽然看不懂，但肯定好。”

我疑惑地看他。

“抱歉，那天您出去，速写本在桌上，没经允许翻了几页。一点小好奇，恕罪恕罪。”

不是什么机密，我也没当回事。但聊天就此断掉，无实质性的寒暄，不聊也罢。我继续看窗外的大风雪。小说家说，很多年前我就向往“如果大雪封门”，没错，仅“冰天雪地”这四个字，就能去除我们身上一半的污浊。雪花在风中痛苦地翻滚，咖啡馆外的天地像一团乱麻。马路上已经积了厚厚一层雪。想把目光拉远几乎不可能，我必须从飞舞的雪花中间寻找转瞬即逝的空隙，那几乎是无数个偶然碰到一起方能成就的一条通道，才可以含混地看见冰钓老人的身影。为此我不由自主探起上半身，脖子越伸越长。那位看过我速写本的同胞拍拍我腰背，我的姿势的确不雅。我惭愧地坐回到凳子上。

坐下的那一瞬间，我好像看到冰钓老人站起来了，影影绰绰似乎还有另一个人。一口咖啡喝猛了，呛咳平息之后我又伸长脖子。总觉得哪里不对，大冷的风雪天，怎么会有另外一个身影。我觉得自己的目光像两道火钻，努力在纷乱缠绕的风雪间打通出两条道路。哦，看见了，只有一个身影，挺拔地站在那里，也许我看见的是侧身，角度问题，我觉得老人有点瘦了。然后我看见他弯弯腰，坐回到椅子上，又是臃肿囫囵的一大坨。我知道我又不自觉地抬起身体，屁股撅着正对吧台，所以我的同胞抓住我的毛衣下摆把我往座位上拽。我一点都没觉得唐突或冒犯，再次歉疚地坐回到凳子上，心里倒是陡生对冰钓老人的不满，就是冰底下能钓上条龙来，也不急着非得赶这个天气啊。

那位同胞喝完咖啡，站起来跟我告别，说大雪天最适合的还是到床上躺着，推门出了咖啡馆。现在除了我，只有两个客人，一个在看书，一个玩手机。我读了两篇科塔萨尔的小说后，风雪中再也找不到那个坐着的轮廓。然后收拾好背包，跟老板打过招呼，出门回了修道院。

修道院里暖和得像我南方老家，酒鬼大哥竟然管住了嘴，没把自己喝迷糊。接下来的两天我都没出门，头一天大雪一刻没停，第二天倒是雪过天晴，但已开始的那幅画只完成一半，根本停不下来，修道院里又热乎乎的，我就撸起袖子继续干了。

画作完稿，白俄大哥的酒瘾也犯了，修道院里的温度又降下来。吃过早餐我就收拾背包出了门。去一座小山包，那是方圆几十里的制高点，我想站在高处看看这个小镇，看看斯维斯拉奇河经过小镇之后流向了哪里。

雪后的视野极好，登高当然可以望远，但斯维斯拉奇河的流向只有一个：远方。大河从来无穷无尽，无始无终。

回到咖啡馆已经过午，补上了个简餐，老板自创的“明斯克郊区汉堡”。然后打开速写本，我习惯靠记忆和想象去写生。对我来说，经不起记忆过滤的一切都不重要；而无法让想象为其插上翅膀的记忆，都是死的记忆。我记下从高处看见的小镇和斯维斯拉奇河。小镇是大地上的一座驿站，斯维斯拉奇河是一道悠远的炊烟。收拾停当，我端起咖啡杯，河面上属于冰钓老人的地方没有人，只有一个个起伏的雪堆。这个时候他应该在。我问老板，看到那冰钓人没？

“你们中国那怪老头？”老板撇撇嘴又摇摇头，“这一上午，忙得我自己都没喝上一口咖啡。”

我放下杯子，决定过去看看。

阳光打在雪上，整条河银光闪闪。覆盖了大雪的河面蓬勃松软，仿佛厚厚的河冰集体发酵了。有雪的冰面好走多了，不必担心打滑，每走一步都能听见沉实的积雪挤压声，咯吱咯吱，脆生生的清爽。已有先行人来到河上，雪面上嵌着零散的脚印和高轮滑雪车的辙印。

雪停之后他应该没来过，冰窟窿没有动过的痕迹。问题是，他的椅子、背包、各种冰钓的家伙事儿都在，埋在雪底下。我拂掉蓬松的雪，它们露了出来，连背包都冻在了冰上。在咖啡馆里我看到的一群怪异的雪堆就是这些。雪在椅子和包上保留了自然降落后的状态。他去了哪里？

我在冰雪上溜达了几圈，积雪发出的声音实在太美妙了。一群少年带着铲雪、滑雪和滑冰的设备来到河上，喧闹不已。好吧，广阔天地，大有可为，都给你们了。我回到咖啡馆，继续喝咖啡看科塔萨尔。

下午三点半，咖啡的醇香味在缠绕，外面阳光很好，整个世界都沉醉在暖洋洋的微醺中。“祥和”就是这个样子吧。窗外突然传来惊叫声。双层窗玻璃的隔音效果应该很好，冰面上的叫声还是传了进来。咖啡馆里的客人、老板和服务生一起站起来，奔到门口的衣架和挂钩上取羽绒服和大衣手套。孩子们出事了。

加老板一共六个人，一路狂奔到出事地点。我在冰雪上的跑动从未如此稳健。那群少年把河面上的积雪弄得支离破碎，像一张辽阔纸页上的信手涂鸦。他们在冰钓老人常待的区域内乱成一团，叫声既恐惧又兴奋。他们手拉手连蹦带跳地宣泄难以名状的情绪。他们对着某一块冰伸长脑袋，又胆怯地要把屁股往后坐。

即便冰的透明度没那么高，我也看出来冰底下有一个人的轮廓。我感觉心脏一下子蹦到了嗓子眼儿。

事出偶然，一个少年划着他的冰车撞上我们破冰堆出的一个小坟，就是距大洞十米的第二个。该少年既恼火又好奇，三下五除二把周围的雪就给清理了。他看到了那个小洞，试图把新冰封上的洞口再凿开。伙伴们都围上来，从椅子旁边翻出器具，凿冰的凿冰，清扫的清扫。收拾到二十米外的最后一个小坟堆和洞口时，一个孩子尖叫起来。他先是看见冰下有团灰突突的含混之物，就把冰面上所有雪末清理干净，然后调整视角仔细看，竟然是一张人脸。他吓得直接从冰上跳起来，哇哇大叫。恐惧也有诱惑力，孩子们胆战心惊地继续在周边清理，直到整个人形都呈现在冰底下。一个完整的死人让他们再次惊叫，叫声此起彼伏，一直传到咖啡馆里。

没错，即使被泡得变了形，即使可能已经被粘在了冰底，即使帽子丢了露出了陌生的光脑袋，即使中间隔了无数气泡和杂质，那张仰面朝天的人的脸，我也认识。

咖啡馆老板大喊一声：“发什么呆，报警啊！”

3

他们对我的身份好奇。没必要，死了就死了，死即寂灭。死亡是最后的真相。

这些年他们都在找我。其实我很想告诉他们，找到了又如何，现在我就是个老头子，一副皮囊而已。但他们要找，坚决要找，不惜一切代价要找。那好，有找的，就得有被找的，我就从一个地方换到另一个地方。这些年还真没少跑，大半辈子没去过的地方都去了，小时候做梦都想看的东西也看了。跑也有跑的好处。不单为了跑，这些年我也越来越喜欢陌生的地方。没一个人认识你，大家都独立，没有蜘蛛网那样千丝万缕纠缠不休的关系。你就是你，你不需要同时还是别的什么人。我从北京到了纽约，又从纽约到了温哥华，再从温哥华去了布拉格，然后是圣地亚哥、伊斯坦布尔和科伦坡。我以为他们总想不到我会到明斯克吧，尤其在冬天，他们知道我怕冷。出其不意。但这个出其不意还是失败了。

搞砸了也无妨。决定来明斯克郊区的这个小镇，我同时也决定不再跑了，这必定是我的最后之地。躲过躲不过都是它了。他们不来，我将会以一个小镇陌生人的身份葬身于此；如果这地方他们也能找到，我同样会以一个陌生人的身份死在这里；既然结果都一样，那还跑个什么劲儿呢？的确是跑累了。身心动荡是疲惫中的最高级别。

这是几年里我待得最久的地方。为此冬天到来之前我就过来，置办房子和家具，我照一直待下去来安排生活。房子的确可以直接买下，我想暂且还是少留痕迹，先租，假以时日，身心都平复了再往前走一步。我租房的条件是，房东不能搬走。一个比我大两岁的白俄大哥，我看中他的深居简出和耳背。听不见，他就是我与他人最安全的屏障，能看见又不会乱说。我们一天都不会正经地说上一句话，实在没招了才会手脚并用地比画，这种情况只在敲定出租的那天出现过。他会帮我喂猫，有时候也顺带帮我热杯牛奶、煎个鸡蛋或者牛排，我会把要求画在纸上，画猫在吃食，画牛奶、两个蛋黄完整的煎鸡蛋和牛排时，我会同时画出弯曲的热气，提前贴到他的房门上。这种时候也极少。我怀疑他现在都弄不清我是哪国人，也记不起我的名字。这样最好。

决定不再奔波还有一个原因，就是动荡中你永远沉不下心来完整地做好一件事。抛开前半生的业务工作，我尚有诸多爱好，读书、写字、拉二胡，年轻时还发表过几篇散文和小说。我常想，若把这些年的经历，尤以这几年的逃亡历程，如实照录一过，想必也是本极有意思的书。但从一处到另一处的颠沛流离中，我几乎不曾善始善终地读过一本书。笔墨纸砚太奢侈，二胡旅途携带都是问题，谁现在给我把二胡，音准我可能都找不到。动荡的代价就是对静的残杀和覆盖，就像大雪掩埋五彩的世界，但有意义的事情都要在静中才能完成。所以，我能停下来了，像棵树一样扎下来。

小镇的确无事可做，适合在田园牧歌中混吃等死。整整花了一个月，我才确定钓鱼这件可以恒久地做下去的事。斯维斯拉奇河是条伟大的河流，自然养育的鱼的种类比镇上的居民人数还多。我喜欢河流，但我不喜欢钓鱼，我一向把钓鱼划归腐朽爱好的行列，不就是打着鱼的借口粉饰自己的无聊吗？为虚度光阴开脱。六十三年里我钓鱼的次数都用不完十根手指头。我不知道该干什么，就像当地人一样扛着根鱼竿来到河边。那会儿斯维斯拉奇河还没结冰，我在远离他们的地方撒饵抛钩。一条鱼上钩之前，我要扭头看他们十八次；浮漂一动我就想提竿收线。钓鱼忌讳打草惊蛇，但我克制不住，静坐在河边的身体里一颗心还在奔走，连着两天一条鱼都没钓到。

这事说出去会是笑谈，就钓鱼而言，丰盛的斯维斯拉奇河堪称巨型鱼池。在养鱼塘里都钓不上鱼，肯定不是鱼的问题。牛不喝水强按头，我得对自己下狠手。比小孩过家家还可笑，我规定自己钓上一条鱼之前，绝不东张西望；浮漂动第四次之前绝对不动鱼竿和线，哪怕前三次鱼饵被那些狡猾的鱼吃掉。一周为期。

没用上一周，我把自己拧过来了。既然有漫长的余生可以挥霍，为什么钓个鱼的耐心都要透支？沉下一颗心比死还难吗？就当自己已经死了，就当自己是河边休闲步道上那些白俄罗斯英雄的雕像。那些不世之英雄，现在不也立在那里一动都不能动吗？一个亡命之徒的卑微，还不足以让我斩断内心伸出的一只只欲望之手？况且，那些欲望之虚妄，我一清二楚；我甚至都不明白那些欲望的目标，以及是否有目标。我如草芥，我就是草芥。你伏到尘埃里。你低于斯维斯拉奇的河水。你甚至都没资格谈“平常心”。更不必说，神仙和圣人坐在水边，也必须让自己的脉搏和心跳静下来，静到打扰不到鱼儿们咬食上钩。

正本清源之后，垂钓的乐趣慢慢就出来了。先是河水澎湃，接着早晚结出麻花冻，然后冰冻越发厚实，直至整个河面像沉入睡眠，彻底变成了冰，我每天上班一样来到河边。我吃不了那么多鱼，做鱼太麻烦。房东大哥有兴趣我就单给他带，他摇头了，我就只给那只威武雄壮的西伯利亚森林猫带。我给这猫取名帕瓦罗蒂。除此之外，收工回家时我会清空鱼桶，把它们放回斯维斯拉奇河。

跟过去截然相反，我在钓鱼的过程中感受到的不再是时间的流失和亏损，而是收获和充实。不再是惊慌失措、捉襟见肘，而是平和、笃定与富足。我终于实现了期待已久的愿望，与他人无涉，自成一个世界。远处水边排开一溜垂钓者，我跟他们的距离不是以几十几百米计，甚至不是以一条河流计，而是以世界计，我觉得我跟他们并非在同一条斯维斯拉奇河边钓鱼，也不是在同一个世界钓鱼。他们钓他们的，我钓我的。我喜欢这种感觉，就像逆流穿行在人群里，依然是独自一人。

我更喜欢冰钓。千里冰封，万里雪飘，这词句用在小镇上的斯维斯拉奇河和辽阔野地，没有更合适的了。从水边走到河上，我在冰上凿出一个洞，坐下来，把钓钩垂下。可能有人不解，为什么守着同一个洞日复一日地钓下去？不好吗？每天坐到同一个位置，就像从未离开过一样，整条河的鱼儿们都将知道我还在这里。我在这里，它们就会源源不断地游过来。坐在冰上跟坐在水边的一个重要区别是：在水边我觉得我是在看着它们；在冰上就是在河里，我觉得我就在它们中间，我们在一起。垂钓者与鱼，不就应该在一起吗？那个冰洞，是我们之间联系的通道，我垂下信物。

冰钓有种强烈的地老天荒之感。天寒地冻，本就没几个人在天地间活动，乌泱泱一大群人，哪有什么地老天荒可言，有的只是锣鼓喧天，是忘我、无我和自我的被消失，是热闹和形式主义；一个人就不一样，天地都是你的，你也是天地的，不必违心，也无须附和，卑躬屈膝也只面对皇天后土，有疑问就可以放声表达，抬头即为天问，俯首便是问苍茫。我在冰上可以一坐三四个小时，那种扎根的感觉让我着迷。没错，就是扎根。先是寒冷顺着腿脚往上蔓延，然后冰开始生长，冰冻攀着椅子瘦细的腿和我的两只脚往上爬。久坐不动，椅子冻住了，鞋也冻住了，我与斯维斯拉奇河连接在一起，就像一棵树生长在了大地上。我成了河流的一部分，世界的一部分，天人合一，天与人合为一体。放眼四顾，辽阔的冰面上经常只剩下我一个人。那种被抛弃的感觉很好。

但被抛弃的好感觉没能持续多久。最可怕的敌人是自己人。我以为这个郊外小镇天高地远，不承想悄没声息地就会来几个中国人。有的纯粹是游客，可以忽略不计，他们就差把“观光”二字写到脸上了，对相机的感情和兴趣远超过对美景。倒是那些不习惯对相机演戏的人，让我时常要绷紧防备的弦。当然我也认了，兵来将挡水来土掩，管他生死存亡也决不再挪地方了。入冬以来，先是有过两个穿西装的年轻人来镇上，待了两天，当我想出对付他们的法子时，他们又离开了。我希望是自己想多了。

后来是那个画家。他到镇上当天我就知道了。站在我的窗口，只需要两三倍的望远镜就可以把他的白头发给数出来。他的箱子太大了，还是两个，那应该是装吃饭家伙的，是个真画家。过日子不需要这么累赘，我像国际航班一样全世界跑，也从来只要一只箱子和一个背包。他总去那个肖洛霍夫咖啡馆，我又有点犯嘀咕。他找了个喝咖啡的最佳位置，只要视力足够好，我在冰上吐口痰他都看得一清二楚。但他来冰上，我就放了心，一个必须坐滑冰车才能顺利到达我钓鱼地方的人，要担心，理由就太不充分了。

我不搭理他，并非防范，而是长久不说话，表达能力和说话欲望都在江河日下。我经常恍惚，必须让上下牙齿咬一咬才能确认舌头在不在。这小伙子不错，他的脸上和目光里有尚未被生活异化和篡改的天真与真诚。他应该能画出真正的好画。我甚至想，如果他离开修道院时我还能活着，我会把我经历的和知道的都告诉他。不是让他写下来，而是让他画出来。就逼近真相这一点，我更信任图像而非文字。

很遗憾，现在我已经是个死人了。

入冬时来过的那两个穿西装的年轻人又来了。这次他们没像上回那样，开着车把镇上的大街小巷转了个遍，而是大部分时间像个文化人坐在咖啡馆里，我知道有麻烦了。赶在这场大风雪降临之前来到镇上，是因为他们确信，这个时候我一定会被风雪堵在这里。他们不知道，我已经不打算再离开。大雪拖延了一天。这要怪天气预报不靠谱，唯一能说点真话的又经常说不准。

大雪迟到对我倒不是件坏事，要不我还真不知道怎么对付他们。我们都很清楚，事情必须做在暗处，成与不成都不能搞出新闻。如果没这个游戏规则，我这个国际航班几年前就该停飞了。所以，他们在找暗处，我也不能闲着。在明处他们没法动手，在暗处我也可以反制。那么于我而言，同是明处与暗处的地方在哪里？斯维斯拉奇河的冰面上。只要那一溜店铺中有一个人把目光转向斯维斯拉奇河，我就是安全的。但如果谁都看不见时河上出了结果，那大河再辽阔，也是暗处。显然我们都力争在这个“暗处”把对方解决掉。

感谢风雪渐起，给我留足了时间。也感谢画家，帮我扩大了冰钓洞口的尺寸，大到一个人栽进水里不会有任何障碍。直径近两米的冰窟窿，两个人同时栽进去问题也不大。据我目测，那俩人最高的也不会超过一米八五。只要他们进了水，我就可以让他们在冰下奔赴不同的方向；等他们有机会与空气接触，已经春暖花开了，他们也许分处斯维斯拉奇河湍急流水的两端，遥远得如同有生以来从未见过面一样。

风搅雪真正到来，正是我们最理想的战斗时刻。以我这几个月在冰雪上练就的耳朵，即使北风呼啸，一只猫踩着积雪走近我也听得出来。那人顶着风雪走过来，双脚踩踏积雪的力道轻重不一，步伐间隔时间长短不齐，不用回头我也知道他走得凌乱，这表明在特殊环境下作业他是个新手。我握紧趁手的工具，他再往前走一步，我将在站起的同时出手。一招克敌，一招制胜，我有这个自信。我在这同一块冰上坐了两个月。他突然站住。距我出手一步之遥，那人停下了。世界突然静下来，仿佛上帝给风雪按下了暂停键，我的耳朵里一片空白。他也在等。

更突然的是寂静中响起一声猫的哀鸣。我的西伯利亚森林猫帕瓦罗蒂让人心碎的高腔。又一声。不会有错。四五个月来我们相依为命。在我尚未决定就此留下再不逃亡时，我曾设想，如果走得急迫，只允许带一样东西，我会选这只猫。如果说我在此地还与另外一个生命有所交流，那也就这只猫了。我给它做饭、钓鱼，跟它说话，像遛狗一样遛它。在画家来到修道院之前，它是小镇上唯一能够听懂汉语的生命。也就是说，画家到来之前，这个世界上，只有跟它我才会说自己的母语。

第三声。我站起来，在大风雪里转过身。帕瓦罗蒂凄厉地长叫一声，向我扑来。我知道不是它要扑过来，而是被那个人用力地抛过来。他的落点选得非常好，经过自由落体之后，我的猫将会准确地落进冰窟窿里。为了截下帕瓦罗蒂，我只能扔掉手中的工具。很好，我稳稳地接住了，甚至做了一个足球守门员的动作，接住球后随即抱到怀里。我把帕瓦罗蒂安全地抱在了怀里。我觉得我的肚子上被踹了一脚，后退两步，身体侧转，在我调整好平衡之前，又一脚踹到我右肋骨上，我斜着身子倒向了那个最大的冰窟窿。

我能记得的冰面上的最后一个动作，是在落水之前，两臂以强弩之末的力气将帕瓦罗蒂推离了水面。这是我在有生之年能够送帕瓦罗蒂的最后一程了，我清晰地听见它的身体圆滚滚地跌落在冰上的积雪里。然后我感到了第三脚、第四脚。再之后，他用某个器具把我往冰底下推。那人对我工具的使用不得要领，他把推弄成了砸、捅和搡。

可以如实地告诉你，我没有感到疼，也没有感觉到冷。除了刚开始几分钟肺部的不适，那里像有两团燃烧的火，接下来就无限妥帖了，如同深沉的睡眠降临到我身上。我觉得充实、安稳、笃定和雍容，因为我真正成了冰的一部分，成了斯维斯拉奇河的一部分。这很好。

4

三个月后，慧聪如期回国。从首都机场接到他，我们直奔巴奴火锅，他说得来点非常规的压一压。这个南方人，饮食一向清淡素雅，这次看来是真刺激到了。大致情况我知道一点，微信聊天里他透露过。一片白茫茫大地真干净，美则美矣，却也孤寂磨人；何况再厚的雪也只能短暂覆盖，那驳杂繁复、藏污纳垢的大地本身，终究要现世而出。我点了麻辣锅底，一堆下水，所有想不通、看不懂、挥之不去的，最后都可以通过肠胃给压下去。

一顿酣畅淋漓的火锅足以改变世界观，慧聪吃得百感交集，后悔去之前没在行李箱中装几包火锅底料。不过最后一个月，他的胃口也没那么好，或者说，诸事纷扰，完全忽略了肠胃的要求。最后一个月他陷入了不可遏抑的创作激情。他拍拍随身携带的一个碗口粗的大长圆筒，那里装着他所有的成品画作，其中有一幅作品是送给我的。为了能够日以继夜地创作，白天他不得不两个小时去一趟锅炉房，代替醉鬼大哥及时添煤。画画之外，还要隔三差五接受警察的问询。在这个小镇上，他是屈指可数与冰钓老人有所交往的人。

陆先生，也可能是路先生或者鲁先生。警察的英文发音有浓烈的冰碴子和羊肉味。他对冰钓老人个人隐私的了解，也就到这个含糊的姓为止。他一遍遍地对警察回忆，但这回忆深重地折磨了他。每次他都努力还原两人的交往现场，但每次表达出来的都有出入。“真实”让他很是苦恼。警察想要的真实中包含了逻辑的诉求，而他拒绝在回忆中人为地建构一个个因果。他甚至对细节的回忆也常常恍惚。

比如大风雪来临的那个下午，坐在肖洛霍夫咖啡馆的窗前，他似乎看到了风搅雪中一个异常的人影，但当他自我追问：真的看到了第二个人？他又不能肯定。警察问：拍你腰背的那个中国人，是要让你坐下吗？他回答不了。他们调查了旁边的旅馆，那两个中国人第二天下午才退房离开。夜长梦多，谁干了坏事还能这么从容？住宿记录显示，他们也并非第一次来小镇，作为工作在明斯克的商务人士，他们来此地短期度假完全正常。

最重要的，尸检报告显示，冰钓老人没有任何明显外伤，他杀理由不充分。

警察问：请你援手扩大洞口，是否在为自杀做准备？

警察又问：你发现他有抑郁症倾向吗？

他想了想，摇头。摇过头之后，他又想了想，真没有吗？只好抱住了脑袋。

在他离开小镇时，得到此案的最新结果是：这个世界上自愿少了一个人，还可能少了一只猫。但也许这只猫还活着，因为尚未发现它的尸体。

“你是个编故事的，”慧聪摸着肚子坐在卡座上，一顿火锅下肚终于让他觉得彻底回到了国内，“你怎么看？”

“那不叫编，叫虚构。虚构跟真实并不相悖。”

“一回事。你能借口看一场大雪把我弄到北京来，你还能借口看一场更大的风雪把我弄到明斯克郊外的小镇上，你就不能告诉我个实在话，那人到底是谁？究竟怎么死的？”

“他是谁不重要，死亡也不需要真相。重要的是死。”

慧聪用牙线锯着牙缝里的肉末。“也是啊，”他拍一拍脑袋。“说好送给你一幅画，”他打开那个装画的圆筒，从一卷画作中抽出一张，抻开来给我看。“画它的时候，自始至终，我的确没想过他是怎么死的、为什么死，我想着的只是他的死本身。”

“你懂他了。”

画的名字叫《斯维斯拉奇河在天上流淌》。

一个人，长得像林慧聪，站在虚空里朝更高的天上仰望。他的面前，隐约的云彩之间是一条结冰的大河，冰面之后是流水，一个人仰面躺在冰和水之间。他那微闭的双眼和弯曲的十指，正处在某个连贯的动作流程中，仿佛马上要开始一场漫长的仰泳。白云如流水，映照在冰面上；流水像白云，在冰面后漂荡。仰脸望天的那个人站在画面右下的三分之一处，臃赘的棉衣也不能让他魁伟起来，但他还是用自己细脚伶仃的小身板，支撑起了整个画面的平衡。

我指着画面上的林慧聪，说："比你本人要瘦弱。"

"当时就这感觉，老人被浸泡了几天，冰的透明度又没那么高，含混的毛边也起到了放大效果，整个人就变得极其雄壮。不仅身体宽了，体量也变长了。跟他相比，冰上站的所有人都细瘦无比。"

如果透明度足够高，他会更清晰地看到老人双目半阖，两手分张在身体旁边，十根指头弯曲像要抓住什么。可能是因为冰面映照了天上的流云，让眼前的场景有了动感，他觉得他随时会翻身而起，或者像鱼一样在斯维斯拉奇河里游起来。有风从头顶吹来，林慧聪跟着风一直看到天上。流云背后并非空无的蓝天，而是影影绰绰繁华如街市。不是街市，分明就是一条冰河。它叫斯维斯拉奇。在冰面和水流之间，一个人即将游动起来。

2023 年 1 月 23 日（大年初二），远大园

紫晶洞

认识齐桑纯属偶然。我们的翻译因急性阑尾炎住院了，临时请的翻译要后天上午才能从圣保罗赶过来。按行程安排，这两天就是瞎溜达，没翻译，吃喝拉撒我们用英语也应付得了。但我不想浪费，来都来了，我想看看乌拉圭的紫水晶矿。众所周知，乌拉圭的紫水晶与巴西的齐名，颜色甚至更胜一筹；也是众所周知，我老家连云港市东海县是世界上最大的水晶矿石交易中心，乌拉圭的紫水晶和紫晶洞是交易中的重头之一，所以，无论如何得看看。这是个专业的事儿，没翻译真不行。拐了几个弯才找到齐桑，他长住蒙得维的亚，现在做导游。听说我要看紫水晶矿，一口回绝了。他不接这一单。为什么？他之前可是数一数二的矿山翻译，据说中国人来乌拉圭找晶矿，都找的他。

“对不起，”他在电话里说，“戒了，不接矿山的业务。”

“我不买矿，一块指甲大的水晶都不会下手，”我向他保证，“就是好奇，文化意义上的，故乡意义上的。实在不行，我见一下小师弟总可以吧。”

我打听了，齐桑北大西语系毕业，比我低六届。后来去圣保罗大学读研究生，就留在了南美。

他在电话那头沉默了三秒钟："好吧。只导游，不导购。"

我们直接在阿蒂加斯城会合。城市周围分布着大大小小的水晶矿，我们要去的是拉斯托雷斯矿，靠城市更近。碰巧齐桑做矿山翻译时在拉斯托雷斯待过一段时间。

乌拉圭不大，但他从首都开车过来，也是从南跑到北，午饭后才赶到。简单吃点东西我们就进了山。齐桑个头不高，戴一副深度近视镜，非必要不开口，跟我见过的导游不一样。导游是嘴巴上装了弹簧的一群人。他对此的解释是："我本质上是个翻译。"他说的没错，我们去了拉斯托雷斯的第一家大矿，矿主就说，齐翻译来了啊。那个大肚子的乌拉圭人像熊一样抱住了他。他们有两年没见了，就是在阿蒂加斯，齐桑做了最后一次矿山翻译。

拉斯托雷斯炮声隆隆，工人在炸石开山。炮声间隙里充斥着嘭嘭嘭的打钻声和咔咔咔的切石头与打磨声。这座山有大小好几家公司在开采水晶。流程都一样：先察看山体，湿润的地方用手提钻往里打，遇到岩石，继续钻，如果有水从钻孔和石头缝里流出来，那就意味着有了。千百万年前的火山运动时，水晶洞就被包裹在这些玄武岩里，火山岩有孔，水一点点渗进包裹其中的水晶洞，洞里便封存了大量的水。洞被打穿，水流出来，工人就明白找到了水晶矿。接下来是往钻孔和缝隙里放炸药，嘭一声，山石裸露出来，如果你运气好，第一眼就可以看到晶芽在太阳底下发出耀眼的紫蓝色幽光。剩下的就是想办法把规则和不规则的球体从石头中剥离出来。球切开了，便是两个紫水晶洞。

这是露天矿场的开采。另一种是地下矿洞开采，像穿山打隧道那样，在山体里寻找。当然有迹可循，紫晶洞就分布在一条条古老的火山熔岩流上。正在开采的矿洞有危险，矿主也视之为商业机密，齐桑就带我参观了几个废弃的矿洞。水晶矿脉已采尽，留下了曲折阴森的地下迷宫。咳嗽一声，无数的方向对我回应，仿佛离去的工人们还在劳作。我在地上捡起一颗破损的晶芽，应该是从母体上被碰撞脱落的。擦拭掉尘灰，晶尖依然凛利，颜色醇酽深紫，尽管只有小拇指头大小，盯久了，整个人也能坠入其中，如同纵身跃入蔚蓝的大海。

齐桑从事矿山翻译也属偶然。开头只是帮朋友一个忙，相当于我们的翻译紧急去了医院，托他应个急。他对紫水晶知之甚少，但熟悉南美历史地理文化，来客是台湾商人，想投资开挖一座矿山。老先生有钱有文化，齐桑肚子里的墨水和谈吐对了他的路子。齐桑就从临时工转成了正式工。一则薪水高，这行业暴利，一个上好的紫晶洞开采出来，打磨包装好，运回到台北广州等地，几十倍就翻上去了。谈妥一个项目的薪酬，够他在圣保罗的巴西人外贸公司干上一年，外加哼哧哼哧翻译两本西语小说的稿费。另一个原因，他的确被水晶给迷住了。这东西太神奇。台商盯着他不放，在其位谋其政，他觉得应该补补功课，就找了些资料，看完又逛了一家水晶博物馆，就是在看展中，他看到了令人震撼的一块水胆水晶。

他从手机里找出那张照片。一块白水晶六棱柱原石，高三十二厘米，初看相当普通，下半段还有杂质，但是，他把顶端放大，再大，“看见没？”他问我。我瞪大眼，水晶到了顶端已经成了棱锥，在一个倾斜的锥面上，有一个小空间，在那个封闭的小房子里，有个泡泡模样的东西。

“水。”齐桑说，“一滴水。”

你能想象吗，那确确实实是一滴水，一滴现在还可以在那个封闭的空间里流动的水。当水晶形成时，碰巧包裹了一个气泡，而这个气泡里恰好有一滴水，行话叫“水胆”。千万年了吧。就是说，这滴水已经存在了千万年，不增不减，不大不小，只要这块水晶不破碎，这滴水将继续存在千万年，永世存在下去。

“你知道我当时什么感觉吗？”

我等他说下去。

“我觉得我老了。时间，时间。”他举着手机，咽了口唾沫。那灵魂出窍般的表情好像又回到了博物馆。“太伟大了。我觉得我老得不行。我觉得我太渺小了。一个人实在不值一提。完全不值一提。玉环飞燕皆尘土，我必须做点有意义的事才行。”

“做水晶的业务？”

“对，我当时就这么想的。我要跟伟大的时间在一起。”紫水晶的着色过程也让他心驰神往。紫水晶就是一种石英，因为暴露在放射性物质中数百万年而改变了颜色。数百万年里，石英逐渐吸收存在于周围岩石中的自然辐射，这种辐射搅动石英中的铁原子，以可见光的形式燃烧掉多余的能量。正是这种放射性使水晶变成了紫色。铁的浓度越高，颜色就越深。又是时间的力量。我以为他要继续感叹，他却把目光从悠远的地方收回来，手机锁屏装进了兜里。“那会儿到底年轻，少不更事，轻狂。”

“那是理想主义。”转折有点突兀，但我还是顺着鼓励他。

齐桑一笑，“哪有什么理想主义，想当然耳。”

尽管各个采矿点大同小异，我还是兴味盎然地逐一看过。矿主一茬茬地换，都是一锤子买卖就走。像那个大肚子乌拉圭人矿主极少，财大气粗，他是当地人，天时地利人和之便，一承包就是好几座山，可以长年待在这里。其他小老板只能见好就收，换个地方再赌一把。山也如此，挖完了就是挖完了，剩下一座空山。开掘过的地方就是一片废墟，坑坑洼洼里积满泥水。在山里，没有一条道路是好的。但就财富而言，越乱的山，出的水晶洞就越多，挣的钱也就越多。

既然可以和伟大的时间并肩作战，同时又财源广进，为什么半道放弃了呢？在老家我听那些出来买矿的老板说过，好的翻译可遇不可求，他能把钱之外的所有问题都摆平，抓住了千万别撒手，待遇你提就是。

“待遇是不差，”齐桑说，“但也有你不想干的时候。”

“嫌数钱辛苦？”

“师兄，要不，再找一家矿看看？”

难言之隐，强迫人家说就不合适了。我跟着他看了一家矿主的库房兼操作间。一铁桶一铁桶的紫晶洞运到库房，都糙得很，每个球体后面都附着了沉重的岩石。工人必须酌情把多余的石头层切掉，再打磨，越接近包裹晶簇层的玛瑙层越好。紫晶洞运出去，是按等级和重量卖的，没人愿花冤枉钱。当然，如果开采时下手太狠，有伤及晶簇层之虞，那工人必须在玛瑙层外边加固一层水泥。库房一片喧嚣，五个工人，高压冲洗、岩石切割、球体打磨、水泥加固、审美加工，各司其职。光线暗下来，矿主打开简陋房顶上的几盏大灯，整个库房一片璀璨，无数的晶芽发射出明亮的紫色光芒。那是光的世界，是时间的世界，也是美妙绝伦的童话一般的世界。但齐桑说，该回了，山路难走。

我们在阿蒂加斯的一家酒店住下。晚上在附近的酒吧聊到半夜，齐桑问我这几年国内的状况，我则对他的海外生活好奇，还聊了我们共同关心的母校。我们俩都喝高了。我顺嘴又一问，为什么罢手？他大着舌头说，师兄，明天告诉你。

第二天本想睡个懒觉，不想马路上举办游行的庆典，把我从床上薅了起来。去餐厅吃早点，齐桑已经在座。饭后回程，我们先同行一段。到分手的路口，齐桑没拐弯，而是跟着我继续走。

“昨晚答应过的，”他说，“带师兄去看我最后工作的一个矿山。”

他没忘。

那座山在我回去的半道上。同样千疮百孔。钱是有味儿的，全世界的矿主们都带着钻机和铲斗扑过来。我们在泥泞的山路上绕了一圈又一圈，停下来，面前是一部分坍塌的山体。齐桑指了指，就它。跟其他尚未开采、已经开采和已经采尽的山没有任何区别。

“有区别，”齐桑说，“这座矿里的水晶质量更高。”

所谓质量高，就是开采出的紫晶洞球体更大，形状更规整，大恐龙蛋似的紫晶球数不胜数；晶芽颗粒更大，紫颜色更深也更纯净。一句话，拿下这一座矿，等于拿下其他的五座矿。从出了第一批料开始，各路矿主闻到了味儿，就鱼贯而来。

所谓矿主，并非一定要买下这座矿山，只要他能从具备开采该矿资质的当地人那里租借来开采权就行。有资质并不代表你有能力开采。财力、器械、招工、产品加工流通、资金回笼，这套程序当地人能完整走完的没几个。所以外地人揣着钱就来了。

齐桑跟着一个中国老板来的，前一座矿刚开采完，老板赚了一笔，让他有信心参与这座矿的竞争。他们是排着队和当地人谈判的团队之一。老板和他带着礼物敲开了镇长的家门。镇长就是握着开采权的那个人。齐桑说，显而易见，他们的价码最高。离开时，镇长让自己的六个孩子从高到矮像琴键一样站到大门口欢送他们。

开采设备进入工地。工人们跟着几条矿脉深度掘进。齐桑还记得几年前的现场，告诉我那些坍塌的山体中曾有过怎样曲折的坑道。采出的晶洞真的漂亮，齐桑比画着。涉足这一行业几年，他也是见过世面的行家。他向我要了一根烟，坐在一块石头上抽起来。

我们脸对脸抽了两根烟，他决定跟我说。

一个翻译会受雇于好几个老板。因为老板不是长年待在乌拉圭或者巴西，有钱了，有空了，有头绪了，他们才会从四面八方赶过来。中国老板大部分时间待在国内，过了雨季，开采和运输条件好了才会过来。齐桑受雇过的另一位东南亚老板私下里找到他。按规矩，长驱直入的全面开采已经开始，该矿主也有足够能力运行下去，他人再觊觎是相当不妥的。但那位东南亚老板就是动了心思。他把两捆美元往齐桑面前一拍，说：

“拿下。”

“拿不下。”齐桑一口回绝。

老板把美元推到齐桑面前，在刚才放钱的地方摁下一张银行卡，“那是你的，这才是镇长的。用这个拿。”

“还是拿不下。”齐桑站起来要走。

老板起身更快，已经到了门口，回过头说：“再想想。你只需要和那个狗屁镇长沟通好，确保出了问题我可以接手。其他的跟你没关系。”

齐桑盯着那两捆美元坐了一个小时，拨通了镇长的电话。

“难吗？”我问。

“盯上了钱，一切都变得无比容易。”

齐桑说，他的确就干了那么多。接下来采矿按部就班继续进行，顺利得让他怀疑那两捆美元是假的。他觉得是自己想多了。谁都可能心血来潮，东南亚老板更有可能。这个喜欢穿花衬衫的老浪子，经常在酒吧里为了某个乌拉圭美女甩出一大把钞票，唯一的要求就是让对方坐到他对面让他看上半小时。

那天雨后初晴，中国老板独自去了矿场。他想催促工人把大雨耽误的工期补回来。就是日常的监工，齐桑不必跟着。他在短租的房子里读爱德华多·加莱亚诺的《火的记忆》。下午三点，工头给他电话：矿道塌方了。

“有人伤亡吗？”他问。

“没有，人都在。”

“赶快通知老板。”

“找不到老板。”

“打电话。”

“不通。”

“他不是在矿场吗？”齐桑觉得后背一凛。

“不见了啊，”工头声音怯怯的，“刚有人说，好像看见他进过矿道。”

齐桑刚从歪躺的旧沙发上坐直了，现在跳了起来，扔下书开车就往矿场跑。一边开车一边吩咐工头带人全力清理矿道，接着要打电话报警，拨出键按下之前又停住。他一遍遍说服自己，这种事报了也没用。的确没用。

山山水水地开到矿场，车上被糊了一层厚厚的泥浆。工人们还在清理，他们下手谨慎，担心一铲子碰到不该碰到的东西。好在矿道坍塌的部分不太长，又靠近出口，清理难度不大，天黑时就收拾利索了。除了干的湿的泥土和大大小小的石头，别无他物。齐桑紧张得衣服湿了干、干了又湿，矿道重新敞开的那一瞬间，他觉得腰酸背疼。经验丰富的工头判断，是连日的大雨让被掏空的山体不堪重负。很有道理，可是老板去哪儿了呢？

“去哪儿了呢？”我也同问。

“悬案，”齐桑捡起一块石子在手心里盘，“我也想知道他去哪儿了。”

“再没出现过？”我隐隐觉得这故事似曾相识。

齐桑摇头。“这几年我几乎把所有矿山和做这行的翻译都问遍了，没一个人见过他。”

“然后，那东南亚老板就接手了这一片？”我用手对着眼前坍塌的山体废墟划拉一圈。

“不然呢？”

“你继续给东南亚老板做翻译？”

“不然呢？”

有两分钟我们都没出声。

我在记忆里使劲儿翻找，想把某件事给打捞出来。然后听见齐桑幽幽地说：

“水晶真是个神奇的东西。”

第二次听他感叹。我笑笑，“既然神奇，为什么又放弃了呢？”

齐桑的瞳孔立马放大，现出了敬畏的眼神。

“给东南亚老板只干了二十三天，我就辞职了，再不做矿山业务。”

第二十三天下午，他陪东南亚老板视察矿场。矿道里阴凉，但粉尘太多，老板一路用花衬衫捂住鼻子。正在作业的一个工人在前头叫他们，发现了一个奇怪的紫晶洞。一座山的肚子里全是紫晶洞，有什么好大惊小怪的。东南亚老板没理会，捂着鼻子往外走。齐桑一个人过去。粉尘已落定，工人的头灯在那个打坏半边的紫晶洞上一晃，紫光勾勒出一个转瞬即逝的轮廓，酷似一张人脸。他让工人放下机器，用自己的头灯去照。的确挺像失踪的中国老板嘴巴之上的面部侧影。嘴巴以下岩石层和玛瑙层还在。

他的心跳开始加速。他看那个发现的工人，一对眼他就知道那工人也这么看。他对他做个手势，别吭声，继续作业，小心，完整地把它切割开来。他从口袋里掏出所有的零用钱，塞到工人的裤兜里，“收拾好给我。别让第二个人知道。”

傍晚东南亚老板回城时，他找了个借口留下来，跟着怀抱紫晶洞的工人进了操作间。那工人担心出差错，给晶洞保留了厚厚的一圈岩石层。操作间的工人都下班了，齐桑和那工人开始忙活。他们先把岩石层切薄，继而打磨，让岩石和玛瑙层保留足够安全又合理的厚度，最后才是从上到下对称着切开那个紫晶洞。紫晶洞包裹体都是个球，对称切开后大多是一模一样的两个凹洞，洞内生满密密麻麻大小不一的紫色晶芽。紫晶洞之美，既在晶芽，也在整个洞的轮廓。破损的那一半放置一边，完整的那半个晶洞，不惟色泽醇酽幽深，晶芽雄壮，其轮廓的不规整恰到好处。岂止是像，简直就是失踪的中国老板的侧脸。在齐桑的想象里，如果以紫晶洞的形式给中国老板做一个侧影，就应该是这样，只能是这样。那个侧面像紫晶洞让乌拉圭工人直哆嗦，嘴里念念有词。他认为是神在显灵。

“我在操作间对着那个紫晶洞坐了一夜。”齐桑说，“抽了两包烟，身上被蚊虫叮出了五六十个包。一分钟都没睡着。”

天亮时，他给东南亚老板写了一封辞职信，压到老板常坐的椅子上，背着完好的那半边紫晶洞开车出了山。乌拉圭工人趴在操作台上睡得正香，呼噜声惊天动地。

齐桑的车在前头，送我到路口。本想摁个喇叭就此别过，他下车了。那就来个他乡遇故知的拥抱，一个师兄师弟的拥抱。他把手机打开，从图库里找出一张照片，说：

“还是应该给师兄看一看。”

侧脸的紫晶洞。的确非常像一个男人的侧面像。我表示感谢，再次握住他的手。

齐桑说：“我终于把它说出来了。”

回到北京，处理完工作上的事，我回了趟老家。找到做水晶生意的朋友，说起乌拉圭的紫晶洞。朋友说，你真是离开老家太久了，城西高老板的事你没听说？我说好像听到过那么一耳朵，怪不得这事似曾相识。

两年前，我老家做水晶生意的高老板在乌拉圭失踪，活不见人死不见尸，在当地也报过案，始终没头绪。至今还是悬案。老家倒是风传过一阵，各路消息都有，猜测五花八门，但高老板人间蒸发的结果是确凿的。我可能就是那阵子回老家时风闻了一点。我跟水晶缘分薄，水深水浅完全不明白，高老板于我也只是传说中的暴发户，听完也就过了，没往心里去。

朋友不信鬼神，只对撞脸感兴趣，奈何我手中又没有照片，他一拍桌子，直接去高老板家。他认识高老板弟弟，也是做水晶生意的，在水晶城有半层楼的铺面。

高家对高老板的下落已不抱希望，但还是很配合地拿出他们能找到的所有高老板的纸质和电子相片。翻了大半个小时，有一张侧面特写，我把它放到朋友眼前。

“怎么说？”他问。

高家人也凑过来。

“形神兼备。”我说。

朋友和高家人此刻反倒怀疑了。我理解，这事听起来是不怎么靠谱。我决定向齐桑求助，请他把紫晶洞照片发我。乌拉圭是半夜，他还没睡，叮当两声，连着两条微信回过来。第一条是一句话：

“师兄，当时我就是听说你是东海人才决定见你的。”

第二条是图片。我还没来得及下载好清晰的原图格式，扎在我手机屏幕上方的一群脑袋就发出了惊叫。

我把高清照片在众人面前再巡回展示一遍，惊叫声又起。高老板的老母亲扑上来要抓我的手机，被两个孙子拉住了。

我回齐桑："收到，谢谢师弟。高老板全家也表示感谢。"

过一会儿，他回："给我个高家地址。"

半个月后，我正上班，接到了高老板弟弟电话。

"谢谢徐老师，"他说，"也务请再次代我们全家感谢齐老师。"

"实物像吗？"

"像不像他都是我哥。"电话那头带了哭声。

我给齐桑发微信感谢，告诉他紫晶洞收到。短信被退了回来。再试，又退。

他把我拉黑了。

2024 年 2 月 13 日，远大园

边　境

来这个国家之前，基金会给了我两个选择：一是待在他们的办公驻地，首都市中心的一座四层楼房里，一间十八平方米的宿舍，旁边几个房间分别住着荷兰、匈牙利和塞浦路斯的诗人或小说家；另一个是去边境的一个叫莫托瓦的小镇，那里有一座三百年前的古老石头房子，去年刚装修过，一个人住。我选了后者。北京已经够吵的了，换一处待着我当然挑安静的地方。

到了莫托瓦，我才意识到捡了个宝。那是真安静，安静到安静这个词的分量根本不够。即使在大白天，这个不足七百人的小镇也只能听到风声和鸟鸣。去三十公里外的城市上班的年轻人都开车，但他们进出小镇从来不需要摁喇叭。除非进山，这是我能想到的最理想的写作和休养之地了。更意外的是，莫托瓦之于边境，不是近，完全就在边境线上。从我的小石头宫殿出来，跑步十分钟就到了铁丝网前。绕了一圈一圈又一圈带倒刺的铁丝网对面，是另外一个国家。那个国家的边境线上也有一座小城，比莫托瓦规模大不少，扑扑剌剌一大片，远看建筑和市容，应该要落后一些。两座城镇相距如此之近，像是一对刚分家的兄弟。贴着边境线跑步时，我偶尔能听见对面小城隐约的嘭嘭声，像有人在冷不丁地打鼓。

两个国家间隔着各自领土上的铁丝网，铁丝网之间是一条宽阔汹涌的界河。只要不下雨，我几乎每天下午四点都沿着铁丝网跑步，来回至少十公里。视野开阔，四野无人，无须戴耳机，我可以把音乐声放到最大，或者练习英语听力。贴着铁丝网是一条一车宽的水泥路，车极少，人更没有，偶尔能遇到的，也多是步行和开车的边境巡逻兵。我在跑动中向他们挥手致意，他们会用标准的军人敬礼回应我。路边是荒草，事实上，从莫托瓦小镇最边上的那条路一直到边境线，都是荒草。我到莫托瓦时正值夏末，风从小镇边缘吹过来，高及膝盖的野草起伏如苍茫的大海，绿色的波浪一直涌到我脚面上。

去了趟首都，一个南美作家代表团来基金会交流，这也是驻留计划中的规定动作。前后三天，回到莫托瓦已经傍晚六点。尽管边境处天色沉着，但离夜幕垂下来还早，两条腿开始自作主张，运动强迫症又犯了。我放下行李箱，换了运动装备出了门。

铁丝网边的小路上只有我一个人，我边跑边跟着外放的手机唱周信芳的《徐策跑城》。跑步时气粗，声音也高亢，有点麒派的味儿。跑至三公里处，界河水面收缩，也就是说，两国的距离拉近了。每次跑到这地方，我跑步和跑调的声音都会惊起对面国家荒草和灌木中的鸟雀。这次出来的不是鸟，是一个人，突然从草木丛中弹出来，扭动脖子到处看。转向我时，那张没睡醒的脸上突发的茫然和惊慌透过铁丝网清晰可见。一个黑瘦的小伙子，一米七左右，高鼻深眼，脑袋上贴着一层黑色的小卷毛。像中东人。看见我，他转身就跑，在对面国家的边境线上，贴着铁丝网的土路。那是年深日久，他们国家的巡逻卫士、动物和鸟雀生生踩出来的一条细长的土路。

小伙子启动速度很快，几秒钟就把我抛下了。但他耐力不行，速度慢慢降下来。听到我的脚步声他又加速，然后又慢下来。再加速，再慢下来。每次听到我的脚步声他都警惕地回头看，继而加速，好像我在追赶他。三公里后他跑不动了，频频回头看我。河面渐宽，天色也暗下来，我对他挥挥手，转过身往回跑。不知道他看见没有，转身时我看见他也停下来，一屁股坐到荒草上。

第二天下午，我在跑步快结束时遇到他。他从相反方向过来，沿边境线走走停停，不时转头往铁丝网和界河这边看。见到我，他撒腿开始往回跑。我跺了两下脚，觉得腿部力量足够，便跟着他继续跑。见我追上来，他开始加速，他加速我也加速。他慢下来，我也降了配速。我们俩隔着铁丝网和界河，边跑边相互看对方。他快我快，他慢我慢。直到他彻底停下来，弯腰扶住膝盖喘息，我才停下来。相隔三四百米，我也能感觉到他的目光里充满了愤怒和惊恐。我还是对他挥挥手，慢悠悠地往回跑。这一天多跑了六公里。

过了两天再次见到他。他在慢跑，我们方向相反。也就是说，跟我的规律性运动不同，他是随心所欲地乱来，一会儿朝这方向，一会儿又换另一个方向。我改变了方向，跟他平行跑在了不同国家的边境线上。我们俩又一次同快同慢。尽管年轻，他的耐力应该还是不如我，四公里后他慢下来，再也无力加速，直至从跑变成了走。然后走也停了。

“嗨，”他扯起嗓门，用弹舌严重的生涩英语问我，“你是长跑运动员吗？”

“不是，”我也停下，“我只是个跑步爱好者。”

他突然弯下腰，发出一阵大笑。

一回生二回熟，过几天再见，他老远就冲我“嗨”了。他在跑步。

“你也跑上了？”

“向你学习，”他说，“要把身体练好。我还以为你是巡逻的。”

“巡逻也巡不到你们的领土上啊。”我说。其实是喊，我们俩说话都是在向对方喊。“哪有巡逻的穿这身行头。”我扯扯自己的运动T恤。

“我跟着你跑。”

我们真就这么跑下去了。在异国他乡，一个陌生人带着另一个陌生人沿着国境线跑。他慢下来我也慢，等他；我快时他也尽量跟上。刚开始，他能保持比较好的状态也就三公里，多了四肢就有点不协调。但进步很快，年轻的确是最重要的资本。

不停歇且气息平和地跑到五公里那天，他问我，跑到我这样，一口气至少十公里，速度不必减下来，要练多久。

我想了想，伸出一根手指晃一晃。一个月足够。

但他做不到。除去阴雨天，再撇开各种杂事，一个月里他连三分之一的时间都无法保证。他说：

“我刚到这个国家，我得挣钱养活自己。”

他从另外一个国家来。他的国家里现在正打仗，炮火连天的那种战争。半个国土都像烧红的烙铁，下不去脚，“活下去成了最大的问题”。这是他说的。更荒唐的是，除了打仗双方，他们国家绝大多数人都搞不明白为什么要打仗。但凡有条件的都离开了，移民、出国、难民收容、流窜、偷渡，他们把古往今来能够离开一个地方的所有方法都用尽了。他们一家六口人，把几年前镶上的金牙都敲下来，送出去，也只有三口人从战火里逃出条命来。

“另外三口人呢？”我问。

“死在路上。一个病死，一个船翻了落水溺死，祖父因为年老体弱，累死在半道上。”

“活着的三口人呢？”

“我，”我们在界河最窄的地方面对面站着，他拍着胸口对我喊，“在这里。母亲和弟弟，不知去了哪里。”

“所以你要锻炼。”

“我不能死在路上。”

这个说法在我看来，已经是一种相当文学的修辞了。不管怎么说，身体是革命的本钱，干活挣钱也罢，逃命流亡也罢，身体跟不上，都白搭。我支持他。作为一个资深的跑步爱好者，多少有点心得，在隔三差五的碰面中，我一点点把注意事项通过喊话告诉他。有一天我看他跑步的姿势有点怪，右腿抬起时，身体好像出现了一个休止符，总在空中多停留三十分之一秒。我让他抬起右脚，那的确不是一双适合跑步的鞋，底薄得像层纸。他说过，他祖父倒毙在戈壁滩上时，脚上是一年穿到头的凉鞋，因为箍住脚后跟的带子磨断了，连着三天的行程里穿的其实是拖鞋。“脚都磨烂了。”他说。

我给他买了一双跑步鞋，带到铁丝网前的第三天才见到他。在两国距离最近的地方，我把两只鞋拴在一起，像发炮弹一样扔到了对面的国土上。

他的速度越来越快，两个月后，十公里的跑程内，他可以随时减速等我。年轻就是不一样。接下来他跑步的次数更少了，忙，找到了比较稳定的工作。这个要祝贺，挣不上稳定的口粮，也没力气每天跑十公里。但也不能懈怠，运动是逆水行舟，不进则退，身体的各种机能会迅速地打折扣。

“问题不大，”他说，“逮着空我就游泳。尽可能多游。”

如果他所言属实，那么他的游泳能力跟长跑一样，日渐精进。在我们越来越少的相遇中，他告诉我他游泳的距离在逐渐拉长。一千米，两千米，三千米，四千米，五千米。他说的是一口气不停歇的数据。假如在游泳过程中可以随机调节，再来几千米也不在话下。尽管他的长跑速度有所下降，但他自信地微笑时露出的满口白牙让我相信，这些数字没有水分。游泳当然很好，专家们都在说，最科学的运动方式就是游泳。不过在我看来，他游泳的潜在动力，也许是他那位快到港口时溺死在大海里的姐姐。他不想死在路上。

我以为他会把运动方式从长跑逐渐转移到游泳时，他长跑的频率反倒高了。入秋，莫托瓦到边境线之间的草海一天天在改变颜色，直至风有了冷意。为了防止一身大汗后受风着凉，我把跑步的时间提前了半个小时，即使这般，我跑到铁丝网前，也经常发现他已经跑了一阵子了。一个人跑，他的方向又是乱的。这次从这头往那头跑，下次又朝相反方向跑。他乱跑，我也跟着跑乱了，遇到了就掉个头跟着他的路线跑。跑在哪里都是跑在路上。

乱跑也有收获，新路线有新风景。我跟着他把沿途十来公里的边境线差不多都搞明白了。哪里的铁丝网高一点，哪里的低一点；哪里的稠密一些，哪里稀疏一些；哪里是全新刚换的，哪里已经陈旧生锈了。还有界河，哪个位置宽一些，哪里又窄一点；哪里湍急，哪里平缓；哪里水漫到了铁丝网前，哪里水离河岸还有多远。荒草和树木也不同，草木疏密高矮各有分别。我们俩经常会经过某处时达成共识，那地方如果架一座桥，将是最近便和经济的。

的确曾有过一座桥。因为我总到边境线上去跑步，邻居一位大哥遛狗时跟我聊起来，说一度两个国家关系处在蜜月期时，横跨界河上是有一座石桥的。石桥双车道，两边还单设了人行道，可见团结友爱的道路相当宽阔。桥两端在各自的国土上分别建了一个海关。不大，也就一个哨所的规模，既然你好我好，海关也形同虚设，来往的行人亮一下护照即可，没人深究。也因此，莫托瓦和对面的小城经常联姻，有了不少亲戚。但此一时彼一时，某一日两国交恶，桥拆掉了。双方都怀抱巨大的仇恨，所以桥拆得也彻底，一块石头都见不着了，没运走的也都扔到了界河里。海关自然也消失了，铁丝网重新补上了缺口。

邻居大哥只这么一说，石桥的具体位置他也说不清楚。跑步时我还认真观察了，沧海桑田，哪里还有一点痕迹。我让小卷毛在对面的国土上也找，同样杳不可察。所以每见到一处河面收紧，我们就猜，桥是不是曾经架在那里。只能猜着玩，河面摊开处很多，骤然收缩处也不少。

国内过重阳节的那天下午，我们竟溜溜达达来回跑了近二十公里，一直跑到我这方的边境哨所跟前。那座细瘦的建筑里常驻五人，一名军官带四个兵。当时云霞满天，站岗的士兵立在哨所的最高处，逆光里像一张薄薄的剪影。他抬头挺胸，背负着一整个辽阔艳丽的秋天。我对他挥手问好，他回了个军礼，然后继续抬头挺胸。在对岸，他也向高处的哨兵敬了个军礼。

大雨之前我们跑了最后一次。这个区域有点意思，每年秋天都会来几场大雨，不是雨季胜似雨季。基金会的人叮嘱我，这个时候别出门，哪哪雨都铺天盖地。那天我从一条垂直的水泥路跑到边境线上，他已经在对面的国土上等着我了。秋草黄，界河长，水色变暗，汹涌的流水声溢出了两边的国境线。他刚做完礼拜，从地上站起来。这也有意思，他说出门在外，条件有限，礼拜也没法按时按点，好在一腔赤诚，心到神知。

可能因为天阴沉，他的话有点多。我就听他在对面一个劲儿地喊，逐渐壮大的风声把他绝大多数的声音都吹走了，所以十公里下来，我也没完整地听明白几句话。有一句话听清了，碰巧那几秒风落了下来，他说："就算隔着边境，两个人跑步也比一个人好。"喊话时还向我挥手致意。我猜他说的是孤独。哪怕隔着边境，两个人也可以分担和化解对方的一部分孤独。

基金会的人说得没错，铺天盖地。那场雨够大，豪雨如注，漫山遍野。硕大的雨点把我三百年的石头房子都敲出了金属声。三天三夜彻底出不了门。也好，沉浸式地写作，我竟然把长篇小说中一个久攻不下的难题解决了。除了吃喝拉撒睡，间或从窗户看出去，感叹一下浓稠的雨幕，其余时间我都在写。黄河之水天上来地写，飞流直下三千尺地写，一日看尽长安花地写。以至于雨停了，我又写了两天才打开房门。天朗气清，艳阳高照，莫托瓦高远的晚秋来了。我试着围绕石头房子走两圈，在阴凉处深感秋寒已至。下意识地做几个扩胸运动，两条腿骤然开始报警，得跑起来了。下午就换上运动装出了门。

老习惯，到边境线上，我把外套脱下来挂到铁丝网上，一身短打往右手边跑。如果他也来了，我们总会在这一边相遇，我的右手，他的左手。边境两侧空无一人，风也空旷，似乎有无边的悲伤被从大地上吹起来。我又想起他说的，两个人跑步的确比一个人好。我把音乐关掉，有点听不进去了。

跑到四公里处，对面驶来边境巡逻车。军官带着两名士兵坐在车里，打过招呼各自前行。身后响起喇叭声。左眼角有颗蓝痣的军官从车里下来对我招手。我往回跑几步。军官说：

“先生，抱歉打扰。你们是朋友吗？对面跑步的那个人。”

车里伸出一个脑袋，就是那天背负整个天空在高处站岗的士兵，“和您一起跑步的那个人。他死了。”

军官斜了他一眼。我剧烈地抖动两下，凉风吹过汗津津的皮肤，瞬间起了一身的鸡皮疙瘩。

“您说的是？”

“是的，”军官说，“他死了。”

因为是我的朋友，他们希望我最好能去确认一下。他们请我上车，和另一个士兵挤在后排座位上。军官说，每年这时候都会有人死，对 99.9% 的人来说，大雨都只能是一场灾难。

车子经过一段河面紧急收束的地方，速度慢了下来。军官指着窗外，依然面无表情，声音也像不锈钢一样中正客观。“他们以为窄处过得就快，害了他们的恰恰是这窄地方。哪一块石头都能要了他们的命。”

“这地方就是过去石桥的位置吗？”我问。

军官摇摇头。“不知道。”他说，“水深流急，谁知道石头都被冲到哪里去了。”

我有点冷，请他们经过外套时停一下。穿上外套总算止住了哆嗦。

尽管此地天空湛蓝，晴得近乎虚无，界河仍然洪流滚滚，混浊的泥浆和泡沫里浮沉着草木和各种小兽的尸体。上游的某些地方正在暴雨接力。

让我确认的是他的遗物。极少，但看第一件我就知道是他。我送他的跑步鞋，两三个月下来已经磨损得不成样子，他还保留着。发现尸体的士兵说，为防止被大水冲走，他把鞋系在了腰上。还有一张折叠的地图，是他身上唯一干爽的东西。他先用油纸包好，再封进塑料保鲜袋里。那是一张我所在的这个国家的地图。

尸体已经送走了。他们给尸体拍了照，问我要看吗？等他们打开电脑里的照片，我才知道为什么要征求我的意见。实在惨不忍睹。一打眼你会以为那是一长块颜色肮脏的烂棉絮。他被河水泡得肿胀，被石头和树段撞得皮开肉绽，无数条鱼曾在他的伤口处大快朵颐。左手小拇指上的戒指还在，因为指头胀大，戒指嵌进了肉里。他曾在对面向我举起这根手指，说他妈早就担心可能走散，从自己的无名指上褪下来给他戴上，他的手大，勉强套到了小指上。隔着边境，我看不清戒指，但界河的波光反射上戒指，我看到一圈细小的光亮在他左手上一闪而过。

照军官的说法，每年这时候都会有人试图从对面过来。他们趁着漫天大雨，从某一处坏掉的铁丝网的空隙里钻进来，然后跳进汹涌澎湃的界河。运气好，他们可以早早上岸；运气不好，就得在河水中一直漂流，直到有合适的机会再往岸上爬。有的人会提前踩好点，准备不充分的只能听天由命。他应该算前者。但他可能忽略了水中潜伏的石头的威力，也可能是高估了自己战胜冰冷水温的能力。“要是在这个水温里抽筋，”军官点着电脑屏幕上的照片，“那你就死定了。”当然，也可能是其他原因，暴雨滂沱，哨兵看不清楚，你也看不清楚。大水横流，搭把手的人都没有，一个人是怎么死的，只有他自己清楚。

军官点上烟，我也要了一根。

打开他的面部特写时，我闭上了眼。

“你们是朋友？”军官问。

“算是吧。”

“他叫什么名字？”

“不知道。”

“请郑重考虑后再回答。”军官用右手蜷曲的中指敲了敲桌面，“他叫什么名字？”

“真不知道。”

2024 年 2 月 11 日，远大园